文芸社セレクション

まだらの凶器

絵本　真由

EMOTO Mayu

文芸社

まだらの凶器

一

「ん？　何か変だな」

階段を上り終えて、神崎昇はすぐに現場の異変に気付いた。いつもなら中で作業をしている鑑識課の連中が、玄関先で立ち尽くしているからだ。鎌倉山警察署の刑事課に勤務して十年以上になるが、現場で作業しない鑑識たちを見たのはこれが初めてだった。

「長い階段でしたね」

後輩の八島直樹も、息を荒らげながら周囲の様子に驚いた表情を見せていた。北鎌倉にあるこのレンガ造りの住宅にたどり着くまでに、五十段ほどの階段を上らなければならなかった。鎌倉は山が多く存在するので、このような住宅が少なくない。

俺より十五歳下の八島でさえキツイのだから、四十歳の体には酷な上り坂だ。

「寒いな」と神崎はつぶやいた。

この住宅の周囲は背の高い木々で覆われているので、昼間だというのにあまり直射日光が当たらない。そのせいか五月の初旬にもかかわらず、少し肌寒く感じる。

「おーい、神崎」

鑑識課の中川秀樹が、煙草を吸いながら背中をフェンスにピタリと付けた状態で手招きしていた。彼は飲むといつも奢ってくれる、気の置けない二歳年上の先輩だ。周りにいる彼の部下たちも、手持ちぶさたな様子でスマホをいじっている。

「何か、随分暇そうですね」と俺は中川さんに尋ねた。

「そうなんだよ。中にとんでもないものがいるんだよ」

「とんでもないもの？」

中川さんはタバコの煙を吐くと、一息おいてから話し出した。

「蛇だよ。普通の蛇じゃないぞ、巨大蛇だ」

「蛇ですって」

この家の家主が、檻から出てしまった蛇に襲われたという。

「蛇がいたんじゃ作業できないからな、こっちは。今、専門家の人に頼んで檻の中に入れてもらってるところだ」

「見たんですか、その蛇」

「見た。大きかったぞ、そうだな、マンホールぐらいだったな。とぐろ巻いてた」

中川さんは、両腕で輪っかの形を作った。俺は、改めて目の前の大きな屋敷を見た。こんな普通の住宅街で、そんな巨大な蛇を飼っているなんてにわかには想像できなかった。

「もうすぐ出てくると思うんだけどな……おっ、出てきた」

玄関に目を移すと、紺色のジャージ姿の男性が出てきた。うつむいて歩いているので、顔は見ることができない。

「終わったんですか」

中川さんは、すれ違いざまに男性に問いかけた。中川さんの問いに、男性は無言で頷いた。そして、よほど急いでいるのか俺らの方を一度も見ずに、足早に去っていった。

「じゃ、行ってくるわ」

中川さんはそう言うと、煙草を吸い殻入れに入れて家の中へと向かっていった。鑑識課がある程度仕事を終えるまで、俺らはまだ待ちぼうけだ。

「こんなことなら急いで来なきゃよかったですね」

八島は大きなあくびをしながら言った。

「そっちの方でも見ておくか」

俺は、屋敷の裏手を指差した。このまま立ち尽くすより、何かしていた方がよかった。

俺たちは屋敷の横を通り過ぎ、庭へと出た。庭には一面青々とした芝生が植えられていて、足で踏んだ時の弾力で手入れが行き届いていると感じた。芝生の周辺には、モミジや桜などの木々が植えられている。その先には大きな木々が周辺を覆うように植えられて、奥の暗い茂みへと続いている。

「自宅で桜と紅葉が見られるなんて、セレブって感じですね。さすが、オーシャンホテルの会長の自宅だけのことはありますね」

オーシャンホテルは東京の一等地にあり、日本で三本の指に入る有名な高級ホテルだ。

恐らく日本人なら知らない人はいないだろう。

腕組みをしながら庭を見つめていると、八島はポケットから手帳を取りだして話し始めた。

「えーっと、被害に遭ったのは会長の福島誠で、年齢は七十三歳。さっきも言ってましたけど、飼っていた蛇に襲われたようですね」

「でも、中川さんの話じゃ、すごい大きい蛇なんだろ。そんな蛇が飼えるのかね。ここは一般の住宅だぞ」

「普通は無理ですよ。でもこの家は普通じゃないんです。相当な金持ちですよ。金があれば室内をいくらでも改装できるし、餌代だって困らないわけだし。全く無理な話じゃないと思いますけど」

金持ちの道楽か。セレブの趣味には、金額は関係ないということらしい。俺たち凡人には、到底理解できないことだった。

「一人暮らしだったみたいですよ。だから発見が遅れたんですかね」

大型犬に噛まれたなどの飼っているペットで怪我をするケースは、年間を通してかなりの数が報告されている。でも、今回のように蛇に噛まれて亡くなるという話は、過去に聞いたことがなかった。

視線を屋敷の方へとずらすと、一階の左端の部屋で、鑑識官たちの作業している姿がレースのカーテン越しに見えた。さらに視線を下げると、ある一点に目が留まった。

「あれって、何だろうな」

部屋の窓枠に沿うように、小窓のようなものが取りつけられていた。それは三十センチ四方のすりガラスで、壁をくり抜いてはめられている。八島はこれを知っているようで得意そうに俺に説明しはじめた。

「あれ、知ってますよ。あそこから犬とか猫が通り抜けられるんですよ。ちゃんと踏み台もあるでしょ」

窓枠の下には、木製の小さな箱が置かれていた。その台をステップにして、動物が中に入るのだと説明されると、納得がいった。

八島がガラスを中指の関節で叩いた。コッコッという硬い音がした。

「この窓が上に移動するんだと思いますけど……あっ、あれ見てくださいよ」

窓の下に鉄製の皿があり、中には固形の餌が二、三個残っていた。明らかに、犬か猫の餌だと分かった。

「どんだけ動物に金掛けてんだよ。お前の言う通り、セレブってやつは、何でもできんだな」

「そうですよ。金があれば、大半のことが叶いますからね」

「おい、もういいぞ。こっちから上がれよ」

窓が開き、中で作業をしていた中川さんが顔をのぞかせた。

中に入ると、すぐに目に入ったのは木製のベッドだった。その反対側の壁側には仕事机と椅子が置かれているので、ここは寝室兼書斎の部屋だろう。ドアの隣には手前に引くタイプのクローゼットが開け放たれていて、中には衣服や鞄などが置かれていた。特に荒らされた形跡はないので、鑑識は楽だっただろう。

「遺体は、こっちだ」

中川さんの後を追うように、隣の部屋へと移動した。事故の起こった部屋は隣らしい。部屋のドアには「蛇の部屋」と書かれた木のプレートが張り付けてあった。

「お前、蛇は大丈夫か」

入る前に、中川さんが俺に聞いてきた。正直なところ、爬虫類系は苦手だった。だが、後輩がいる手前、入りたくないなどとは言えるはずもない。

「まあ、大丈夫だと思いますけど。お前は、どうだ」

「蛇ですか。うーん……まあ、大丈夫ですね。たぶん」

そう言う八島の表情も、幾分か緊張しているように感じた。

「じゃあ、開けるぞ」

中川さんが扉を開けた瞬間、さっきの発言を少しだけ後悔した。目の前に広がる光景が、異常な世界だったからだ。十畳ほどの部屋の壁全体には、幅が二メートルある鉄製の棚がびっしりと並べられていた。一つの棚は四段になっていて、そこに蛇の入ったケージが隙間なく置かれていた。しかも部屋の中央にも同様の棚が置かれているので、移動する通路は服の裾が棚に当たりそうなくらい狭い。それらケージの中には、さまざまな種類の蛇が飼育されていた。

「へー、すげーなぁ」

八島は、興味深そうにケージの中を眺めている。全てのケージには木くずが底一面に敷き詰められ、水の入ったタッパーが置かれている。その中で赤や青のカラフルな色をした蛇が、舌をペロペロと出しながら体を動かしている。しかも、ケージにはテプラで蛇の名前が張られているので、素人の俺でも中の蛇の名前が分かった。

「トカラハブ？　どこの国の蛇だ？」

聞いたことのない蛇の名前に面食らったし、ザッと眺めてみても動物園で見るような蛇ばかりが並んでいる。恐らく、世界各国の蛇が集められているのだろう。考えただけでも、鳥肌が立ちそうだった。

「おい、あれだよ。見てみろ」

中川さんは蛇に見惚れている俺たちに対し、部屋の奥を指さした。そこには仰向けの福島誠の遺体が横たわっていた。顔は苦しみに歪んでいて、口は大きく上下に開き、眼球は飛び出ていた。グレー色のパジャマの襟元をはぐってみると、赤い痣《あざ》のようなものが胸の方まで広がっていた。

「首を圧迫されての、窒息死だな。ここに痕があるだろ。蛇はまず被害者の頭に嚙みついてから、体に巻きついたんだろうな」

被害者の額を指差しながら、淡々と説明した。そこには赤いポッチのようなものが二つ付いていた。さらに被害者の首は「く」の字に曲がっていて、相当な力がそこに加わったのだということが容易に想像できた。

「その蛇が、今回の首謀者だ」

中川さんは次に大きな檻を指差した。一メートル四方ほどのコンクリート製の床の上に、とぐろを巻いた大きな蛇が横たわっていた。胴体の大きさから鑑みると、二メートル以上はあるだろうか。皮膚の柄は黒い輪っかがいくつも連なっている幾何学模様で、それが却って不気味さを感じさせる。

「こんな大きな蛇に襲われたらひとたまりもないな」

「ホントですよね」

八島は、檻に顔を近づけて蛇を凝視している。

「ア、ミ、メ……アミメニシキヘビっていうんだな、この蛇」

俺は、檻に貼られているテプラの文字を読んだ。こんな巨大蛇が自宅にいるなんて、現物を見ても信じられなかった。

「リビングも確認したけど、特に変わった様子はなかった」

「そうですか。お疲れ様でした」

「じゃあ、うちらはこれで帰るわ。あとは頼むな」

中川さんはそう言うと、部屋から出て行った。それと同時に担架を持った警察官が二人来て、遺体を運んでいった。

「事故死で間違いなさそうですね」

「そうだな」

八島の問いかけにうなずいた。現場の状況からすると、家主が蛇の檻の鍵をかけ忘れたため起きた事故とみてほぼ間違いなかった。

「一応、リビングも見ておくか」

「そうですね」

蛇の部屋を出て、真向かいにあるリビングの中に入った。二十畳はあるだろうか、かなり広い空間の左側には台所があり、中央には六人掛けのダイニングテーブル、右奥には壁に沿って六十インチテレビが置かれていた。そのテレビを囲むように十人掛けのソファが置かれている。余計なものがあまりないシンプルなリビングだが、そこにあるすべてが高級家具だということは容易に想像がついた。

「『脱皮できない蛇は滅びる』って、ニーチェの格言だったんですね。知らなかったなぁ」

八島は壁に掛けられた額の中の文章を読んでいた。そこには、白い色紙に筆書きで「脱皮できない蛇は滅びる。その意見をとりかえていくことを妨げられた精神も同じだ　ニーチェ」と書かれていた。

「ニーチェって、たしか哲学者でしたよね」

「えっ……あぁ、そうだったかな」

本はあまり読まないので詳しくはないが、ニーチェという名前は聞いたことがあった。

「『脱皮できない蛇は滅びる』て、どういう意味なんですかねぇ……脱皮するっていうことは、古いものを脱ぎ捨てなさいってことですかね」

「変化を恐れず前進しろっていうことじゃないのか」

「へー。なんか深いですね」

八島は感慨深そうに額を見つめている。その時だった、警察官がリビングへと入ってきて、俺に話しかけてきた。

「すみません、ちょっとよろしいですか」

「何でしょう」

「第一発見者の方がいらっしゃるのですが、お連れしてよろしいでしょうか？」

「お願いします」

警官は一度その場を離れると、すぐに女性を連れてリビングの中へと入ってきた。

「この方が、第一発見者の女性です」

梅田早苗という女性は、微かに会釈をした。この家で家政婦をしているという。

「では、ここで話をしましょう」

家政婦はダイニングテーブルの椅子に崩れ落ちるように座ると、ハンカチを取り出して目に押しあてた。四十三歳という年齢の割には陶器のような肌をしているので、見た目は三十代後半に感じた。家主が亡くなったことがよほどショックだったのだろう、泣き腫らした目が真っ赤になっていた。

「こちらから少し質問させてください。あなたが福島さんの遺体を見つけたのは、いつですか」

家政婦は覆っていたハンカチをそっと下ろすと、震える声で静かに話し始めた。

「十時ちょっと前です。私が来る時間帯には、いつも書斎で仕事をしてるんですけど、ドアをノックしても返事がなくて……おかしいと思って、トイレとか浴室まで調べたんですけど気配すら感じなくて……で、もしかしたらと思ってあの部屋を開けてみたら……」

家政婦は堪え切れなくなったのか、再びハンカチで顔を覆い泣き始めた。最後の言葉は、押しあてたハンカチに消されて聞き取れなかった。俺は、泣き崩れる家政婦に向かって質問をしようと試みたが、泣き方が嗚咽に変わり、「はい」か「いいえ」さえも判断できなかった。俺は八島の方を見て、小さく頷いた。これで終わりにするという合図だ。八島は立ち上がり、家政婦の側に近づいて言った。

「大変なところすみませんでした。もう終わりましたんで。ありがとうございました」

八島がそう声をかけると、家政婦は涙をハンカチで押さえながらゆっくりと立ち上がり、警官と一緒に廊下へ出て行こうとした。だが、おもむろに足を止め後ろを振り向いた。

「あの……ちょっといいでしょうか？」

家政婦は震える声で俺に話しかけてきた。落ち着きを取り戻そうと、右手で胸を押さえながら必死になって声を出していた。

「ご主人様が鍵を掛け忘れたって聞いたんですけど、それは本当でしょうか」

「ええ。そうだと考えられますね。それが、どうかしましたか?」

「そんな……そんなはず、ないと思います。絶対に、ないです」

家政婦から先ほどの弱々しい態度は消え去っていた。むしろ、何か強い信念を持っている女性に見えた。

「それは、どういう意味でしょう?」

八島も家政婦の突然の告白に戸惑っているようで、顔をしかめながらそう言った。

「ご主人様は、とても几帳面な方でした。一日に何度かあの部屋に入られるんですけど、そのたびに鍵がかかっているかを確認されてました。蛇の中には毒を持っているものいますし、万が一外に出てしまうと危険だからです。特にあの大きな蛇には一番気を遣ってらっしゃいました……あの鍵で開けるんです」

家政婦は、フックに掛けられた鍵を指さした。蛇のキャラクターのキーホルダーを付けてあるので、蛇の鍵なんだろうというのが一目で分かった。

「この鍵を一日に何度も持ち出すのを見たことがあります。そして鍵をそこに戻すたびにノートに記入されてました。それだけ慎重になさってたんです」

「そのノートはどこにあるんですか?」

「たぶん、蛇の部屋だと思います」

「じゃあ、確かめてみましょう」

俺たちは再び蛇の部屋の中へと入った。だが、ノートらしきものは見つからなかった。ふと、入り口を見ると家政婦が扉の外に立っているのが目に留まった。

「どうしたんですか？　中に入らないんですか？」

「私、中には入れないんです。蛇とか苦手なんで」

まあ、それは無理もないだろう。女性でこれだけの蛇に囲まれた部屋に入りたいと思う人は少ないだろう。俺たちは、再びノートを探し続けた。だが、ノートは見当たらなかった。

「ちょっと、見つからないですね」

「もうちょっと、奥の方とか、見てもらっていいですか」

家政婦はドア付近ギリギリまで近づいて、ドアの縁を持ちながら、つま先立ちをして中をキョロキョロと見回した。

俺たちは言われるがままに、棚の下を覗いたり隅の方まで目を配らせたが、やはりノートらしきものは何も見つからなかった。

「おかしいです。絶対あるはずなんですよ。下に落ちてるかもしれないです。もっとちゃんと探してください」

何て女だ。俺たちがくまなく探している様子を見ておいて、よくそこまで言えるよな。喉まで出かかった怒鳴り声を何とか喉に押しこめると、大きく一息ついてから話を続けた。

「申し訳ないですが、あなたの発言には信憑性がないんですよ。いいですか、この部屋にも入ったことがないあなたが、どうしてノートに記入してあると言い切れるんですか。肝心のノートが見つからない限り、あなたのおっしゃってることは憶測でしかありませんよ」

俺がそう言ったとたん、家政婦は血相を変えて訴え始めた。

「でも、本当なんです。信じてください。本当なんです！　ご主人様は、毎日そのノートにメモをして錠の開閉のチェックをしてたんです！　信じてください、お願いします！」

家政婦は、何度も頭を下げて懇願した。だが、これ以上この女に付き合っている暇はない。

「残念ですが、これ以上は無理ですね。お引き取りください」

びしゃりと言い放った。こうでもしないと、この家政婦はいつまでも迫ってきそうだった。この一言が効いたのか、それとも俺の威圧感に負けたのかわからないが、ようやく口をつぐんだ。

「……そうですか。分かりました」

一瞬、顔を上げた家政婦の顔は、怒っているようにも悲しそうにも見えた。そして、唇を噛みしめると、肩を落としながら目の前から姿を消した。

「まあ、福島さんが几帳面だっていうのは、これを見れば分からなくもないですけどね」

八島は、ケージに付けられた蛇の名前が書かれたシールを指差した。書体も文字の大きさも揃えられていて、さらには貼られている位置さえも同じ場所に統一されている。確かに、几帳面ではないとできない作業かもしれない。

「でも几帳面な人間だからミスしないなんて、支離滅裂な理論ですよね。人間なんだから、失敗ぐらいするでしょ。だから先輩の言うのは正しいと思います」

地位の高い人物に対して、周囲の人間は完璧な人間というレッテルを張りやすいものだ。家政婦は雇い主のことをご主人様と言っていた。そう呼ぶこと自体、相手を崇拝する気持ちが表れているし、尊敬の念が家政婦の気持ちを高ぶらせているのだろう。ヒステリックになりやすいのは主に女性が多く、我々警察に失意の感情をぶつけることはよくあることだった。現に、俺は今まで現場で何人もの女性に怒鳴られてきた。そのたびにやるせなさを感じるが、それも仕事だと割り切れるから乗り越えられるのだ。

「じゃあ、行くか」

「そうですね」

寝室の窓へ戻り、靴を履いて庭から玄関前にたどり着いたまさにその瞬間だった。何者かが階段を駆け上がってくる音がした。

「叔父が……叔父が亡くなったって、本当ですか」

俺たちの目の前に現れた女性は階段を一気に上がってきたのだろう、全身で大きく息をしながら苦しそうにおなかの辺りを押さえている。しゃべった言葉も半分以上は聞き取れなかった。紺のスーツを着て、黒い髪が肩まで伸びているスレンダーな女性という印象の彼女は、三十代前半のキャリアウーマンに見えた。

すぐに横から先ほどの家政婦が、泣きそうな顔で女性に近づいてきた。

「ちづるお嬢様！」

「早苗さん、叔父が蛇に咬まれたって、本当なの？」

「そうなんですよ。もう、どうしたらいいか……」

家政婦は泣きながら、女性の腕を握り締めた。

「失礼ですが、あなたのお名前は？」

「姪です。会長の姪の福島ちづるです」

俺の問いにそう答えると、福島ちづるはまだ乱れている息を整えるように大きく息を吸った。我々は、彼女に今までの状況を順を追って話をした。

目の前の女性がオーシャンホテルの社長と聞いてその若さに驚いたが、その冷静な態度は仕事のできる女性を思わせるものがあった。

「あの、叔父が鍵を閉め忘れたと言われましたけど、それって本当ですか」

「はい、現場の状況からすると、鍵の閉め忘れによる事故とみて間違いないです」

俺のきっぱりとした言い方にもかかわらず、福島ちづるはすぐに反論をした。

「でも、ちょっと信じられないですね」

「そうですよね、おかしいですよね」

家政婦はハンカチで涙を拭きながら、福島ちづるの言葉に同調した。

「叔父は蛇に対してとても気を遣っていました。それに叔父の性格上、それはありえないと思います」

　またか。どうして彼女たちは、通り一遍の考え方しかできないのだろう。さすがに怒りを隠すことができず、あからさまに言葉が尖っていった。

「それは、耳にタコができるぐらい聞きましたよ。こっちだってねえ、いい加減なことを言ってるわけじゃないんですよ。事実に基づいて結論を出してるんですから、これ以上勝手なことを言うのやめてもらえますか」

「いえ、そうじゃないんです」

　彼女は、俺の言葉を素早く遮った。こんなにきつい口調で話してるのに、まったくと言って動じない彼女の態度に面食らったが、こっちも負けじと口調の強いまま言い返した。

「どういう意味ですか、それは」

「叔父は夜寝る前に、必ず鍵の点検してましたから。だから、閉め忘れるなんてありえません」

二

「……オーシャンホテルは今、危機的状況です。五年連続の赤字はもちろんのこと、年々増える外資系のホテルに客を奪われています。この図をご覧ください」

開発企画部部長の上田博之が、スクリーンの横でパソコンを操作しながら重々しい口調で話をしている。会議室の中央には八人掛けのテーブルが置いてあり、副社長の菊池英二や専務の安田隆などの重役たちが、福島ちづるを取り囲むように座っている。六畳ほどの小さな会議室なので、彼らが吐いた息さえ飲み込まなければならないと思うと嫌な気分になる。

オーシャンホテルは東京の一等地に存在するが、重役が集まるビルは横浜のみなとみらいにある。我々はオーシャンホテルだけでなく、ビジネスホテルや格安ホテルなどを全国に百五十店舗以上保有している。それら全てのホテルを総称して、福島グループと呼んでいる。これらのホテルは現会長の福島誠と、会長の実兄で、私の父親でもあった今は亡き福島譲の二人で築き上げてきたものだ。私の父親は、今から十年前に急逝し、その後は叔父の福島誠が中心となって事業を行ってきた。だが二年前に私を社長に任命すると、叔父は全てのホテル業務から退いた。突然の発表で、当時はかなり戸惑ったのを覚えている。何故なら三十歳の誕生日を迎えた日が、社長就任日になったからだ。

就任当時は、周囲の人たちが私を支えてくれて、和やかな雰囲気で会議をしているイメージを抱いていた。

でも、現実は全く真逆だった。想像していた以上に、周囲には味方はいないし、サポートどころか重役たちからの軋轢がストレスとなっていた。その一番の要因は、重役たちとの考え方の違いだ。それと年齢が若いのと女性であるという、私への偏見もある。

上田が、プロジェクターを起動させると、スクリーンに青と赤の棒グラフが映し出された。そのグラフは三年前からのオーシャンホテル売上の減少と、それに相対するように上昇する外資系ホテルの売上の推移のグラフだ。

「この青いのがオーシャンホテル、赤が外資系ホテルです。こうやって見ると、オーシャンよりも外資系のホテルの伸び率が格段と上がっているのが分かると思います。このままの状態が続けば、下半期も赤字になる確率が高いと思われます」

また同じ話かと心の中でつぶやいた。今年の上半期も前年に比べても五千万円の赤字だ。実はこれは、売上がふるわないホテルを売却しての金額なので、実際はこの三倍の赤字を計上している。下半期で同等の赤字になれば再びホテルを売るなど対策を行わなければならない。じつは、赤字を避けるために、全国に点在するホテルを売却している。去年は京都の繁華街にあるビジネスホテルを売却して赤字を補塡した。売上も上々だったホテルを売却したのは、赤字という負の汚点を付けたくなかったからだ。先代が残してくれたホテルを潰していることが心苦しかったが仕方がなかった。

「社長のご意見をお聞きしたい。この先、この難題をどうやって処理するつもりですか？」

挑発的な口調で話し始めたのは、菊池だった。彼は、大学を卒業してすぐにオーシャンホテルに就職した。いわばオーシャンホテルに人生を捧げている人物といっても過言ではない。学生時代にアメフトをやっていたので、胸板が厚くて体格のよい体つきをしている。若い頃と違うのは、頭がM字型の禿げ頭で、額から頭の中心部分まで髪がないことだ。

「その件ですが半年前から話してますように、ジェシーホテルとのM&A提携を進めたいと考えてます。先月も話しましたようにジェシーホテルは、英国の老舗のホテルです。その点では安心していいと思います」

「あなたは、今まで先代が築いてきたものを、全部壊す気か！」

菊池は話の腰を折るように、いきなり怒鳴りつけてきた。やたらと私に厳しく接してくるその理由は、菊池が次期社長に就任することを目論んでいたからだと聞いている。予想に反して姪の私が社長の座に就任したものだから、目の敵にしてるのだ。小娘に大企業の社長など務まるはずがないと考えているのだろう。

「相手は外国のホテルですよ。このホテルが乗っ取られてもいいんですか？」

「先方は、我々のホテルはそのまま残すと言ってくれています」

菊池は舌打ちをすると、大きな体を前のめりにさせた。

「あなたはそれを信じるんですか。外人の言うことなんて当てにならないことは、あなただって分かってることだろ」

菊池は顔を真っ赤にして怒りを表現しているが、この会話自体、今まで何度も繰り返されてきているし、内容も一進一退を繰り返しているだけだった。要は、会議をしているというよりは、私の稚拙さへの罵倒をしているだけだった。

「ったく、よりによって外資だなんて、何考えてんだ」

菊池はわざと聞こえるように独り言を言った。外資系のホテルであるジェシーホテルは、世界規模でその名を知られているイギリスのホテルだ。売上もオーシャンホテルの十倍はある。彼らは、オーシャンホテルが苦戦していると知って声を掛けてきた。理由はわが社自慢のおもてなしの精神を取り込むことによって、イメージアップを図りたいというのだ。こちらとしてもこの話に乗っかれば赤字経営をしなくてもいいし、これ以上ホテルを売却せずに済む。

だが一方で菊池の言うように、このホテルが乗っ取られる危険性は大いにある。外国に限らず、社長が変わるとそのまま方針も変わっていくことは普通に起こりえることだからだ。

私は帰国子女なので、外国人が心変わりするさまを目の当たりにしてきたからその辺りは十分理解している。外国人にとって、義理人情など一切存在しない。

「今のところホテルを救う方法はこれしかないんです。どうか理解してもらえないでしょうか」

私の懇願するような問いかけに、菊池は大げさにため息を深くついた。

「あなたの話を聞いて、会長は悲しんでるんじゃないですか。汗水流して作り上げてきたホテルを、あなたの代でぶち壊すことになることに」

「会長は関係ありません。会長は、私に経営を一任してくれたんです。ですから、決めるのは私です」

菊池は再び大きなため息をつき、それきり黙り込んでしまった。これ以上話しても無駄だと言わんばかりの大きな声だった。

「社長がもう少し早く、外国人観光客を取り込む努力をしていればこんなことにはならなかったんじゃないですか」

菊池の隣で冷静な声を上げたのは、安田隆だった。彼は四十代後半で、この中では私の次に若い。正直な話、私は彼が苦手だった。メガネの奥の目で何を考えているか読めない雰囲気にどうしても馴染めない。

「それは私の判断ミスです。もう少し早くキャンペーンをしていれば、他社と差を付けられることはありませんでした」

私は、深々と頭を下げた。他のホテルは外国人観光客の増加を見越して、キャンペーンを早々に展開していた。我々もそのことは把握していたが、完全に乗り遅れてしまった。

「あなたがM&Aみたいなバカなことをやるって言うから、ここにいるみんなは夜も眠れませんよ」

菊池は皮肉たっぷりに言った。周りの役員たちは、微かに首を縦に振ったりして顔色を変えずに私の方を見つめている。こうなるとどっちが社長だかよくわからない。

「会長も会長ですよ。いくら身内に会社を継がせたいからって、よりによって妹の方だなんて。今からでもお兄さんと交代されたらいいんじゃないですか。あなたのような世間知らずのお嬢さんがこの会社を継ぐこと自体無理なんですよ。この世界は何より経験が重要なんですから。今からでも会長に話をしてみたらどうですか」

私では能力不足だと言わんばかりに、やることなすこと否定を繰り返していく。

「二世というのはいい身分ですねえ、能力がなくても社長になれるんですから」

とどめを刺したかのように、菊池は椅子の背もたれにもたれかかった。ほら、反撃してみろよ、と言わんばかりの態度に次第に腹が立ってきた。いくらなんでもその言い方はないだろう。人を馬鹿にしてるとしか思えない彼に、今回はきちんと言うべきだ。そんな言い方は許さないと。頭を上げて前を見据えた。菊池の額はいつにもまして輝いているように見えた。

「何か反論でも？」

体中が火照って全身から汗が噴き出している。焦りなのか怒りなのか自分でもよくわからない。会議を重ねるごとに、菊池の態度が横柄になってきている。それは、言い返せない私を舐めているからだろう。社長はこの私なのだ。いくらこの会社に貢献した年月が長かろうが、私より年上だろうが立場というものをわきまえるべきだ。

「言いたいことがあるなら言ってみなさいよ」

菊池はダメ押しとばかりにたたみかけてくる。ここは上司としてビシッと決めてみようと意気込んだ。だが、心とは裏腹に私の口から出た言葉は、全く正反対なものだった。

「いえ……特に、何も」

その瞬間、腰が抜けたように椅子に滑り落ちた。

「はぁ……あいつら、マジ、ムカつく」

会議が終わり社長室に戻っても怒りが収まらなかった。心を落ち着かせようと窓の外を見た。横浜のみなとみらいにある高層ビルの四十五階からの景色は、昨日降った雨のために塵や埃が洗い流され、空の青が際立っていた。まるで、怒りを鎮めてくれる風景画のようだった。斜め横を見ると、横浜港を覆うようにレンガ倉庫や展望台などの憩いの場所がある。それらの建物の反対側には、ビルやホテルが立ち並んでいる。それ等の建物の間の道を行き交う人々は、働きアリのように上下左右に前進し続けている。その大半がサラリーマンかOLだとは思うが、その中のほとんどが私のように仕事を放棄したくてもできない人たちばかりだろうと想像する。

その働きアリたちに向かって右足を振り上げガラス窓を蹴った。ハイヒールなのだが構わず打ち続ける。ドンッ、という鈍い音がしたが、強化ガラスなのでビクともしない。何度も打ち付けながら、つくづく人間は嫌いだと思った。勝手なことばかり言って、身勝手なことばかりする人間が、私は嫌いだ。

「イテテテ……」

何度も蹴っていたら、当然のことだが足が悲鳴を上げた。いったん椅子に座って落ち着くことにした。

「はぁ……やっぱり、ムカつく」

落ち着こうとすればするほど、菊池のあのふてぶてしい態度が脳裏に蘇ってきて、怒りがマグマのように湧いてくる。これは誰かに吐き出すしかないと思い、携帯を手に取った。

「……もしもし」

出た相手は木田亮介。私たちは付き合って三か月目になる。溜まったうっぷんを亮介にぶちまけた。

「ホント、頭にくる！　こっちは社長なのよ、いくら年齢が上だからってそんな言い方ってある？　ホント、冗談じゃないわよ」

「へー、そんなひどいこと言われてるんだ。そりゃ、頭にくるよな」

こんなに我慢してたんだと、自分でも驚くほど愚痴が次から次へと出てくる。それを亮介は必ず受け止めてくれる優しい人なのだ。

「辞めさせられないのか、そいつ」

「無理よ」

菊池を辞めさせたら、福島グループは破産してしまうかもしれない。彼は語学が堪能で英語やフランス語、中国語を自在に操れるし、それより強みは多くの人脈を持っていることだった。最近だと、彼のおかげでアメリカの有名なピアニストの宿泊を取り付けることができたし、営業面で大きな功績を挙げている。悔しいが彼の力なしでは、今のホテルは成り立たないのが現状だった。そのことを菊池も分かっているから、私に対して高飛車な態度を取ってくる。

「じゃあ、耐えるしかないのか。仕方ないな」

まるで自分のことのように、残念そうに言ってくれた。

「そいつ、ゴリラに似てるヤツだっけ」

「そう。胸板厚くて、体つきがゴリラに似てるの」

菊池の顔を思い出しながら、彼の顔とゴリラとリンクさせていく亮介は横浜にある木田動物園で園長をしている。動物が本当に好きで、一日中動物園にいても飽きないらしい。動物が好きな人に悪い人はいないというけれど、彼はまさにそれを地でいっているいい人だ。

「ゴリラってさ、神経質な動物なんだよ。知ってたか」

「え、そうなの？　あんなに体が大きいのに？」

「でっかい図体の割には、ストレスに弱くてさ。酷くなると下痢したりするんだ」

「へー、そうなんだ」

「じゃあ、今度の会議の時さ、そいつがおなかを壊したゴリラだと思ってごらんよ」

「えっ、お腹が痛いゴリラですって？」

思ってもいない返答に、思わず笑顔がこぼれた。菊池がストレスに弱いというイメージは全くもってなかった。それでも、右手でおなかを痛そうに押さえている菊池の姿が目に見えるようで笑えた。

「じゃあ、安田さんは？　何を考えてるか分からない人よ」

あの、冷徹そうな顔つきは、どの動物に当てはまるのだろう。

「そうだな……蛇かな。蛇ってさ、どんな動きをするか分からないだろ。いきなり飛びかかったり、ジッとこっちを睨み付けるっていうかさ。つかめないところがあるんだよな」

「なるほど、蛇ね」

安田は、菊池の陰に隠れてこちらの様子を窺っている気がする。イメージはぴったり合う。

「蛇もさ、ああ見えてストレスに弱いんだよ。場所を移動しただけでもストレスで物を食べなくなるんだ」

「へー、そうなんだ」

安田は、菊池とは違ってストレスに弱い。人目を憚って胃薬を飲んでいる姿を、何度も目撃したことがある。

「強そうに見えたり、見た目が怖そうな動物っていうのはさ、案外弱い生き物だったりするんだ。それは、人間の世界も同じことだよ」

亮介と会話をしていると、いつの間にか私の心も和らいでいく。もっともっと彼と一緒にいたい。そして、私の心をもっと癒やしてほしかった。

「ねえ、今日、会える？」

無理だと分かっていても聞いてしまう。園長という仕事は過酷で、そう簡単には休みが取れない仕事だということを理解しているつもりでも。

「今日か……」

予想通り、亮介は言葉を詰まらせた。都合が悪いって言えばいいだけなのに、心の優しい彼はすぐには断ることができない。こっちもそれが分かっているから、あまりいじわるなことは言わない。

「いいの、また今度にしよう」

わざと声のトーンを上げて、気にしないよという振りをした。

「そうか、悪いな。じゃあ、頑張れよ」

「じゃあ、またね。ありがとう」

携帯を机に置くと、椅子にもたれかかりながら大きく伸びをした。視線の先に「社長福島ちづる」と印刷されたプレートが目に留まった。それを右手でパタリと手前に押し倒すと、視線を後ろへとずらして再び窓の外を見た。さっき窓を蹴った右足の先が、まだジンジンと痛い。こうやってストレス発散している自分は、周りから見れば惨めな人間の部類に入るだろう。思えば亡くなった父も、よく窓の外を眺めていた。書斎にいる時も、リビングで煙草を吸っている時も、視線は窓の外にあった。目の前にいる誰かではなく、どうして何もない窓の外を見続けていたのか。同じ社長という立場に立って、やっと理解できた気がする。そして孤独という意味も。

携帯が鳴り、画面を見た。兄の福島仁から、夕食を食べに来ないかという誘いのメールだった。二歳年上の兄は現在ニューヨークに滞在中で、妻の千夏さんを日本に残して単身赴任をしている。一週間前にニューヨークから一時帰国したばかりだ。千夏さんは妊娠六か月で、息子の彰くんと一緒に横浜のマンションで暮らしている。

「行きます」と返信のメールを送ったあとにドアがノックされ、秘書の田中芳正が入ってきた。

「あと十分で出発の時刻ですが」

これから銀行に出向き、融資のお願いをする予定なのだが、正直気が進まない。どうせ無理だと断られるに決まっている。表面的に赤字でなくても、赤字を減らさない限り、どこの銀行へ行こうが断られるのは目に見えている。

「今日、兄に会うの。田中さんも来る？」

「すみません。あいにく、予定が入ってまして」

「そう、残念ね。兄さんも会いたいんじゃないかな、田中さんに」

「私も会いたかったですね。ご帰国している間に会えるようにスケジュールを調節してみます。それよりご準備の方を」

「……分かったわよ、行くわよ」

重い腰を上げようとした。だがすぐに両腕から力が抜け、椅子に尻が吸い付くようにその場から動けなくなった。どうやら体が拒否反応を示しているらしい。体を田中の方へ向けながら、懇願するような声で言った。

「ねえ、お願い明日にできないかな、その打ち合わせ」

田中は大きくため息をついた。彼のため息は、度重なるほど大げさになっていっているように思えた。

「またですか」

「またじゃないわよ。そんなことないわよ……今回が初めてよ、今日行くところは……」

私の声は次第に小さくなっていく。そんな私を見つめながら、田中はうんざりしたように首を横に振った。

「前回は二回続けてキャンセルしたじゃないですかもう、今月に入って三回目ですよ。都合が悪くなったとか、別の用事が入ったとかだったら分かりますけど、ただ、行きたくないからキャンセルするっていうのは、いかがなものですか」

　そんなの分かってるわよ。社長にあるまじき行為だって言いたいんでしょ。社長だって仮病を使いたい時だってあるのよと、声に出せない声を心の中で吐いた。

「社長の置かれている立場はよく理解できます。会社が赤字続きで打開策が見つからない状況はお辛いと思います。ですが、そこから逃げていては何も始まりません。何も解決しませんよ。かえって事態を悪くするだけです」

「でもね、思い切った決断をしようとすればするほど、慎重になって決めきれなくなるのよ」

「そこを決断するのが社長の役目です」

　社長、社長って。こっちはなりたくてなったわけじゃない。なるような状況に追い込まれたからやっているだけだ。田中はそんな私の心の叫びにお構いなしに、ハンガーに掛かっている私のコートを手に取った。

「さあ、お時間です」

「……分かったわ。その前にメールを一件だけ送らせて。すぐ済むから」

「分かりました」

　田中はコートを再びハンガーに掛けると、部屋を出て行った。パソコンに向かうと素早くメールを打ち始めた。メールの相手は叔父の福島誠だった。現状を打破するために、叔父のアドバイスをもらおうと約半年間、同じ文面のメールを送り続けている。だが、一度も返事をもらえていない。いわば梨のつぶて状態だ。なぜなら、それが社長に就任するときの条件だったからだ。叔父は私のやり方に一切口を挟まないと言い残し、ホテル業から手を引いた。それから数年が経ち、ホテルは赤字が続いている。経営がうまくいっていないことは叔父の耳にも届いているはずなのに、叔父はこの件に関して無視を続けている。赤字から脱却するには、喉から手が出るほど叔父のアドハイスが欲しい。こんなに本気で困っている姪に手を差し伸べようとしないことに、腹立たしさを感じている。自分が作り上げてきたホテルがもしかするとなくなってしまうかもしれないのに、見て見ぬふりをする神経が信じられなかった。

再びドアがノックされ、田中が顔を出した。

「社長、もう出ないと間に合いません」

「分かったわ」

パソコンの電源を落とし、コートを手に取ろうとしたところで再び携帯が鳴った。電話の相手は叔父の家で家政婦をしている梅田早苗さんだった。彼女が電話をしてくるなんて珍しかった。

「もしもし……えっ……本当なの」

早苗さんの話を聞きながら、私の顔は強ばっていった。彼女の話す言葉が次第に遠くなっていくのを感じていた。

「どうかされましたか」

田中も私の変化にいち早く気付いたようで、側まで近づいていた。

「……分かりました。すぐ行きます」

電話を切ると、震える声で田中に言った。

「さっきの件、本当にキャンセルして。叔父が亡くなったみたいなの」

「えっ、どういうことですか？」

「詳しくは、車の中で説明するから。行きましょう」

私は、コートを自ら取り上げると早足にドアの外へと向かった。

車のドアを開け後部座席に座ると、深く深呼吸をした。

「社長、これからどちらへ？」

「叔父の家よ。行ったことあるでしょ？」

「かしこまりました……でも、本当なんですか、会長が亡くなったというのは」

「そうみたい……本当みたいよ」

淡々と言葉を発しているが、頭の中は放心状態になっていた。叔父が死んだ。会長が死んだ。さっきメールをした相手が死んだ……。そう自問自答しても、呑み込めない自分がいた。

〈本当なんですよ、お嬢様！〉

携帯で話をした早苗さんとの会話が頭を駆け巡った。

早苗さんの声は興奮しすぎていて、かなり聞き取りづらかった。

「早苗さん、落ち着いて。もう一度、ゆっくりと話してくれるかしら」

〈ご主人様が、亡くなったんです〉

「えっ、それは本当なの」

〈今、警察の方が来てまして、家の中をいろいろと調べています。お嬢様、すぐに来てもらえないですか〉

「すぐ行くわ」と言って電話を切ったのだった……。

「大丈夫ですか」

田中が心配そうな顔で後ろを振り向いていた。車は赤信号で止まっていて、その上の行き先標識を見ると「鎌倉五キロ」と書かれていた。

「まだ信じられないわ、叔父が亡くなったなんて」

「私もです。会長は不死身な方だと思ってましたから」

「そうね。私もそう思ってた」

ホテル王という名をほしいままにし新規ホテルを拡大させていった叔父は、とてもエネルギッシュな人だった。手がける事業を次々と成功させていったバイタリティは、今の私には真似ができない。

「ホタル旅館を始めた時は驚きましたけど、それも成功させましたからね」

田中はアクセルを踏みながらそう言った。ホタル旅館とは、叔父がホテル事業から手を引いてから始めた事業だった。叔父は長野の山奥にある廃業済みの旅館を買い取り、旅館として再生させた。そこで新たに始めたのがホタルの増殖場を建築することだった。人工的に飼育したホタルを、宿泊者のために百匹以上庭先に解放するという企画を考えたのだ。

「社長は泊まったことありましたよね、ホタル旅館に」

「一度だけね。ホタル、キレイだったなぁ」

事業が軌道に乗った頃、私はその旅館に泊まらせてもらったことがあった。百匹以上のホタルが草むらの中を見え隠れする幻想的な光景は、なんとも見応えがあった。しかも客たちは、ホタルを捕まえて持ち帰ることもできる。大人が子供の頃にタイムスリップしたような時間を味わえるのが魅力だった。しかもこの部屋に泊まることのできるのは一日五組だけなので、そのプレミアム感が口コミで広がり話題になった。一時はマスコミが殺到し、田舎の町が見物客であふれかえったこともあった。

叔父は、昔からこういった企画力に優れていた。七十を過ぎてもまだ想像力あふれる企画を作り続ける叔父が、羨ましくもあったし尊敬もした。

「もうすぐ着きますから」

前を見ると、歩道を歩く女子学生の姿が目に留まった。この先に北鎌倉駅があり、叔父の家はそこから少し先に行った山の上にある。山といっても数メートルほどの高さしかないが、そこに行くには長い階段を上らなければならない。体力を要する家なのだ。

自宅前に到着すると田中を車に残し、一段抜かしで階段を駆け上がった。上に到着した時には、完全に息があがっていた。息を整えようとしたが、視線の先に玄関前に立つ男性の姿が目に入った。

神崎という刑事から大筋の事情を聴くと、どうしても違和感を覚えずにはいられなかった。

「何か気になることでも?」

神崎刑事は、納得いかない私の表情を読み取って質問してきた。私は迷わず、自分の思いをぶつけてみた。

「叔父は自宅で蛇を飼うことになってから、鍵の開け閉めに対して特に気をつけてました。というのは数年前に、ケージの一つの鍵を閉め忘れてしまったことがあったんです。でも蛇は毒蛇でなくて、蛇の部屋の中で見つかったので大丈夫だったんですが。叔父はそのことがショックだったみたいで、ノートにチェック表まで作って管理するようになりました。確か、夜には必ずケージの鍵を確かめてたと思います」

その疑問は早苗さんと同じものだったようで、反抗する私たちに向かって彼らは真っ向から否定した。

「でも、その肝心のノートがないんじゃ、話になりませんよね」

刑事さんたちは蛇の部屋に入り探してくれたようだが、見つからなかったらしい。そんなはずはない。そのノートは、叔父が大切にしていたし、現に叔父が記入しているところを何度も見たことがあった。

「じゃあ、私が探します」

こうなったら自分で調べるしかない。私は家の中に入り、ノートを探し始めた。まずは蛇の部屋に入りケージの上や下など万遍なく探した。棚と壁の間に落ちてないか隅の方まで懐中電灯を使って探したが、刑事たちの言うようにノートは見つからなかった。

「書斎もリビングも探しましたけど、ありませんでした。ということは、あなたたちの証言に信憑性はないということになりますね」

悔しいが、刑事たちの言う通りだった。あのノートがなければ、私たちの言っていることは絵に描いた餅と等しい。ため息をつきながら、視線を下に向けた。そこには、檻に入ったアミメニシキヘビがとぐろを巻いて静かに眠っていた。まるで、叔父を襲ったことを自慢してるみたいに堂々としているように見えた。

「本当に大きな蛇ですね。こんな大きな蛇、初めて見ましたよ」

神崎刑事は中腰になり、蛇を凝視し始めた。

「でも、この家に来た時は、ひと回り以上も小さかったんですよ」

「そうなんですか」

このアミメニシキヘビは、二十年以上前に購入した蛇だった。その当時は、ホテル経営が軌道に乗り全国展開を推し進めていた頃で、叔父が自分へのご褒美に購入したと言っていた。その可愛がっていたペットに命を奪われるなんて、その時は想像もしていなかっただろう。アミメニシキヘビを見つめながら、ん？　変な違和感みたいなものが襲ってきた。その違和感は言葉では表現できないのだが、何かが今までと違うのだ。

「どうか、されましたか」

神崎刑事が怪訝な顔で私の顔を覗き込んでいた。自分でも思った以上に、その場で感慨にふけっていたようだった。だが、その違和感の正体が何か分からない以上、ここで発言することはできなかった。

「いえ、何でもありません」

そう言うと、彼もそれ以上追及することはなかった。

「じゃあ、これ以上何もなければ、一緒に署に来てもらって遺体の確認をしていただきたいのですが」

神崎刑事は、さらに私を諭すように話し始めた。

「先ほども言いましたけど、福島さんが完璧な人間だということは理解できますが、完璧な人間なんて一人もいません。人間、誰でもミスはあります。推測だけでは私たちは動くことはできません」

私はその言葉に、これ以上私たちの仕事の邪魔をしないでほしいという意味が込められているように感じた。こうやってノートを探し回るのも、時間の無駄になりかねないのだから。

「分かりました。変なことを言ってしまってすみませんでした」

刑事たちの捜査をかく乱してしまったことを詫びた。

「お嬢様、それでいいんですか」

ドアのところに立って見守っていた早苗さんは、怒りを露わにしながら口を挟んできた。

「旦那様がそんなミスするわけないです。もう一度調べ直してくれるように頼んだ方がいいですよ」

「だって、肝心のノートが見つからないのよ」

「いえ、絶対にあります。もう一度探しましょう。ねぇ、お嬢様」

「早苗さん、もうやめて。これ以上、刑事さんたちを困らせないでちょうだい」

思わずそう口走っていた。決定的な証拠がない以上、刑事たちの言うことを聞き入れるしかない。

「そんな……お嬢様までそんなこと言うんですか」

「だって肝心のノートがなきゃ仕方ないでしょ」

もしかしたら、叔父はもうノートを付けていなかったのかもしれない。というのも、この家に来るのは、約二年ぶりかそれ以上になる。社長に就任するときに叔父から『ここには来るな』と言われていたからだ。

「……早苗さん……」

早苗さんの両目からは涙が零れ落ち、その涙を拭おうともせずに私を睨みつけていた。

「……分かりました。もういいです」

早苗さんはそう吐き捨てるように言うと、玄関へと向かってそのまま出ていってしまった。

「大丈夫ですか」

神崎刑事が困ったような顔で尋ねた。

「いいんです。今は、頭に血が上ってるだけだと思います」

早苗さんは叔父が亡くなったことがショックで、冷静でいられないだけだ。時間が経てば、きっと私の思いも分かってくれるはずだ。

「では、一緒に来ていただけますか」

「分かりました……あっ」

「どうかしましたか？」

「ちょっと用事をしてから行きますんで。五分ぐらいで終わります」

刑事たちはうなずくと、玄関へと向かった。リビングへと行き、猫の餌が入った袋を手に取ると書斎の中に入っていった。窓を開け、コンクリートの上に置かれた鉄皿を手に取りそこに餌を入れた。

「マリア、元気にしてんのかなぁ」

マリアとは、この屋敷で飼われている雑種の雌猫の名前のこと。十年くらい前にこの屋敷に迷い込んでからこの家で飼われている。亡くなった叔母が『マリア』と名付けた。マリアには放浪癖があり、家に戻ってくるのは三日に一回ぐらいだと聞いている。叔母は生前『どこかの家で可愛がってもらってるのよ』と言っていた。それでもマリアがいつ戻ってきてもいいように、家の外に餌を置いておくのは、叔母の習慣だった。

「早く戻っておいでよ、不良猫」

そうつぶやくと窓を閉め、カーテンを引いた。

三

「そりゃ、大変だったな」

兄は、そう言いながら私のグラスにビールを注いだ。鎌倉山警察署で叔父の遺体を確認したあと、兄の住まいのある横浜にタクシーで向かった。時刻は午後八時を過ぎていた。

「ちづるちゃん、今日は忙しかったわね。さぁ、たくさん食べて」

兄嫁の千夏さんはそう言うと、味噌汁の入ったお椀をテーブルに置いた。テーブルの上には既に、千夏さんの手料理の肉じゃがや大根サラダが並べられている。千夏さんは私と違って料理が上手なので、いつもお腹いっぱいまで食べきってしまう。

「だいぶおなか、大きくなりましたね」

私はそう言って、自分のおなかをさすった。

「そうね。今度は女の子だから大人しいわ」

千夏さんも同じように自分のおなかをさすりながら答えた。二人目なので、余裕が感じられる。

「ねえ。この人も、私と同じだと思わない」

千夏さんが、兄のおなかを指差した。ニューヨークから帰ってきた兄は、典型的なメタボ体型になっていた。

「あっちの食事がおいしいんだよ」

「ちょっと、それって私の料理がマズイみたいじゃないのよ」

千夏さんは、兄のおなかを右手で叩いた。スイカのようないい音がして、思わず大笑いしてしまった。

「……あら、彰くん」

パジャマ姿の彰くんが、ドアの中央に立っているのに気付いた。物音に気付いて起きてきたようだった。

「ほら、突っ立ってないで、お姉ちゃんにちゃんと挨拶して」

「……こんばんは」

千夏さんに促されるように、彰君は目をこすりながら頭を下げた。時刻は午後十時半に差し掛かろうとしていた。

「ちょっと待ってね……はい、これ。少ないけど」

私は鞄の中からポチ袋を取り出して、彰君に手渡した。中には三千円入っている。

「いつもありがとうね、ちづるちゃん。ほら、ちゃんとありがとう言って」

「……ありがと」

彰君は、照れくさそうに受け取ると、頭を下げて再びお辞儀をした。それと同時に大きなあくびもした。

「もう、眠いんだろ。いいから寝なさい」

兄の一言に促されるように、彰くんは寝室へと戻っていった。

「お前が来るとお金をもらえるって分かってるみたいだな」

「眠くても起きてくるのね。お兄さんにそっくり」

「嘘だろ。俺はあんなガメツイ子供じゃなかったぞ……で、さ。また話は戻るけど、叔父さんが亡くなったなんて信じられないな。あの人、絶対死なないと思ってたから」

「でも遺体は見なくてよかったわよ」

鎌倉山署の霊安室に横たわる叔父の表情は、苦悶に満ちていた。眉間に皺が寄っていて、口は大きく開いていた。首全体に赤い痣が残っていたのは、蛇の胴体が首に巻き付いたからだと言われた。しかも力を緩めず、五分以上同じ部分を圧迫していたらしい。

「でも、不運だよな。まさか、自分がかわいがってた蛇に絞殺されるなんてさ。本人だって想像してなかっただろうし」

「まあ、そうでしょうね」

「で、葬式はどうするんだよ」

「お寺でしてから、改めて社葬をしようと思ってる」

父親の葬儀の時は、ホテル事業が全盛期の時だったので、小規模のコンサート会場を借りて行った。その時、かなりの関係者が集まったので、今回も同じ規模の葬儀になりそうだ。

「忙しくなりそうだな。俺も、会社には事情は説明したから」

兄はニューヨークへの帰国を一週間延ばした。兄がいてくれてよかったと心から思う。父親の葬儀で経験しているとはいえ、一人では心細い。

ビールを口に含むと、椅子の背もたれにもたれかかった。葬儀の話をした途端、叔父の死が身近に感じられてきた。もう会社を背負うのは私だけになったのだ。頼れる人はもう誰もいない。たった一人であの菊池率いる重役たちに立ち向かわなくてはならない。考えただけで、気分が滅入ってしまう。

「でもさ、今頃こんなこと言うのもあれだけど、俺はあの人が苦手だったな。なんか、上から目線でものを言うだろ。あれがどうしても好きになれなかった」

叔父は思ったことをストレートに吐き出す性格で、現役の頃は、バズーカ砲と言われて周囲から恐れられていた。更に、短気な面も持ち合わせていたので、辞めていった人たちは数知れない。人と協調するのが苦手なタイプだったから、交友関係も広くはなかった。一言で言うと、扱いづらい人物だった。

「でも、仕事はできる人だったよな。何と言っても、発想力が凄かった。あんな完璧な人がいるのかってくらい、あんまり失敗しない人だったし。それがすげえなって思うんだよ。オーシャンホテルがここまで成長できたのも、叔父さんの力が大きかったのは事実だし。親父だけじゃここまで大きくならなかっただろうしな。お前もそう思うだろ」

実際、それは形になって表れていた。叔父がホテル業を引退した年から、毎年のように赤字を出し続けている。叔父の経営能力というものがすぐれていたということの証拠だった。

「こう言っちゃなんだけど、叔母さんだって早くに亡くなっただろ。確か、五十代後半だったよな。ほら、有名な野球選手の奥さんって、早死にしたりするじゃん。それだけ気を遣ってるってことだよ」

ふと脳裏に早苗さんの悲しそうな顔が浮かんだ。警察に同調した私を、鋭い眼光で見つめていた彼女の顔。時間を追うごとに、あの時に早苗さんを窘《たしな》めたことを後悔していた。正直なところ、私も完全には叔父の死を納得していない。刑事さんの手前、早めに話を切り上げたかったのだ。

「ねえ、ちょっと聞いてもいいかな」

私は兄に叔父の死に関しての疑問をぶつけてみた。

「それ、どういう意味だよ。意味分かんねえよ」

兄は苦笑いを浮かべて、私の話を一蹴した。

「ちょっと、こっちは真剣に質問してるのよ」

　私の真顔に面食らったのか、兄も真面目な顔つきになって答えた。

「だってさ、鍵を閉め忘れるって、人間だったら当然のことじゃないか。いくら叔父さんが完璧な人間だとしても、ミスしないなんて言えないよ」

「そう、それはそうなんだけど……でもね」

　私は兄に、叔父が蛇に関しての記録をノートに書き記していた話をした。

「あのアミメニシキヘビには、叔父さんは神経を遣っていたと思う。だから、毎日鍵をかけていたはずよ」

「でも、そのノートはないんだろ？　証拠がないんじゃ話にならないじゃないか。それは警察が言うのが正しいよ」

「それはそうなんだけど……でも、どうしても納得がいかないのよ」

「じゃあお前は、誰かが故意に鍵を開けたって言いたいのか」

　鍵を閉め忘れたということが不自然だとすれば、当然そういう話になってくる。叔父が寝ている間に、アミメニシキヘビの檻の鍵を開ければ、事故死を装うことも不可能ではないだろう。

「おい、おい、おい。そりゃいくらなんでも、そりゃ考えすぎだろ。まさか、あり得ないだろ。飛躍し過ぎだよ」

　兄は、手を振って否定した。私だって、それは飛躍しすぎだとは思う。第一、叔父が蛇のコレクターだということは世間的には秘密にしていたはずだ。

「だから、蛇の存在を知らないヤツがどうやってそんな計画をすんだよ。それに、あの屋敷に忍び込むのだって無理だろ。家の奥には崖があるんだぜ」

　私は思わず兄の話に頷いていた。私だってそんなことは無理だと分かっていた。

「まあ、瞬間湯沸かし器みたいな性格だったから、誰かに恨まれてもおかしくないけどな」

「まあね。それは否定しないわ」

　メールをしても返信が返ってこなかったり、一度決めたら梃子《てこ》でも動かない性格を、誰が好むのだろうか。

「まあ、叔父さんを亡くしてショックなのは分かるけどさ、あんまり警察に楯突くとそのうち痛い目に遭うぞ。さあ、飲めよ」

　兄は、私のグラスにビールを注いだ。

「そんなことより、会社の方はどうなんだよ。去年は赤字だっただろ」

「去年も、よ」

「今年はどうなんだよ」

「そんなの、決まってるじゃない。今年も赤字確定よ」

　そんなの聞いてくれるなと言いたいところだが、本当のことだから仕方ない。

「ゴリラとその仲間たちにいじめられてるの」

「何だよ、ゴリラって」

兄は苦笑しながら、肉じゃがのジャガイモに箸を突っ込んだ。

「ちょっと、聞いてよ。今日だってさ」

会議での菊池たちの態度の悪さの話をした。

「マジかよ。上司に向かってそんな態度とっていいのかよ。お前の方が立場が上だろ」

「そんなの関係ないわよ。職歴ではあの人の方が上だし。それに、言ってることも間違ってないしね」

「まあ、そうか。ビジネス上では、ゴリラの方がキャリアも実力もあるしな」

菊池の功績は誰もが認めるところだった。

「外資系のホテルは確かに増えたよ、ここ最近。来年はジェントルホテルも東京に進出するらしいし」

ジェントルホテルとは、ニューヨークの老舗のホテルだ。新規のホテルが建設されると、客は物珍しさから飛びつく習性がある。それはつまり、周辺のホテルの客を奪っていることを意味している。

「今年だけで、五棟のホテルが建ったのよ。この先ずっと赤字かもしれないわ」

言ってる側から、ため息が口から洩れて出た。兄は、そんな私を見て苦笑した。

「何だよ、情けねーなぁ。さっきまでの威勢はどこに行ったんだよ」

「だって、私はホテルのために頑張ってるのに、みんな私の意見なんて無視するんだよ。こっちだって、ふざけてるわけじゃないのにさ……それじゃあ、兄さんはどう思うの。私がやろうとしてることとって、間違ってるって思う？」

「そんなの、俺が分かるわけねーだろ」

いつの間にか兄の顔は真っ赤になっていた。気がつけば、カラの缶がいくつも並んでいた。飲みすぎた兄は、饒舌になりちょっとめんどくさい男になる。

「お前が言うように、これ以上赤字が膨らむとホテルにも打撃だよな。かと言ってM＆Aへの不安も分かる。ニューヨークでも、頻繁にM＆Aは行われてるけど、うまくいかない企業の方が多い」

兄の言うようにうまく締結できれば問題ないのだが、破たんする可能性だって十分にある。でも、何度も言っているように、ホテルを救うのにはもう他の手立てはないのだ。

「まあ、赤字でも提携したいって思わせるほど、それだけオーシャンホテルが魅力的なんだと思うぞ。赤字、赤字っていうけど、そんなの大したことないって思われてるかもしれんしな」

「まあ……そうなの、かな」

相手がそう思ってくれていたらいいのだが。かといって、相手を信じて調子に乗ると痛い目に遭うかもしれない。外国企業と合併などの話を進める時は、細心の注意を払わなければならないといけないと、叔父からも父親からも言われたことがあった。

「社長って職業は、ほんと大変だな」

他人事のような言い草にカチンときた。

「ちょっと、他人事みたいに言わないでよね。本当なら、兄さんがため息ついてたんだよ」

「そんなの知らないし。それより田中さんから聞いてるぞ。お前、仕事に集中できてないみたいじゃないか」

「だって、辛いんだもの」

「じゃあ、辞めりゃあ、いいじゃん」

思わず飲んだビールを吹き出しそうになった。

「な、何言ってんのよ、もう！　そんなに簡単に言わないでよ！　……大体ね、兄さんがいけないのよ」

「何でだよ。俺が会社を継がなかったからか」

社長になるのは兄だと、子供の頃から何となく思っていた。会社は男性が引き継ぐものだという、先入観があったのかもしれない。私の予想は外れ、兄は大学を卒業してすぐに、都内にあるＩＴ企業に就職した。しかも誰にも相談もなしに、だ。それでも、いつかは戻ってくるのだろうとたかをくくっていた。だが、兄はＩＴ会社を辞めず、私はグループの社長に任命された。

社長になるということは、全ての従業員の生活を養うということでもある。私の発言や行動一つで、ホテルを成長させることもできるし、潰してしまうことだってある。従業員の人生が私の手腕にかかっているのだ。そんな重大な地位の人間に自分がなるとは、考えたことすらなかった。

「そうよ。兄さんが社長になってたら、こんなに悩まなくてよかったのよ。今頃、幸せな結婚生活を送ってたはずよ」

私は吐き捨てるように言うと、手元のビールを一気に飲み干した。私は、どこかの会社のOLになって、そこで運命の人と出会い結婚するという普通の人生を歩むものだと思っていた。新居を構えてからすぐに子供を授かり、一男一女の幸せな家庭を築く。女性だったらお決まりの幸せパターン。それが、私にとって理想の未来像だった。その幸せを、兄はぶち壊したのだ。私はもう一本缶ビールを開けた。私も、完全に飲みすぎていた。

「おいおい、ちょっと待てよ。八つ当たりすんなよ。俺には無理なんだって。リーダーシップを取るような器じゃないんだって。前にもそう説明しただろ。何度も言わせるんじゃないよ」

「そんなのやってみないと分からないじゃない。この、意気地なし！」

日ごろのストレスがそうさせているのか、私の口はマシンガンのように止まらなくなっていた。

「おい！　そんな言い方ないだろ！」

兄もイライラしているのか、手に持っていたコップをテーブルに打ち付けた。その反動で中に入っていたビールの水滴が飛び散った。

「俺にはな、決断力がないんだよ。小心者なんだよ。先頭に立って物事を決めていく度胸がないんだよ！　だから、俺はホテルを継ぐことを諦めたんだ。その方が会社のためなんだよ！」

兄は吐き捨てるように言った。

「ちょっと、二人とも！　兄妹げんかはやめなさいよ。彰が起きるでしょ……これでも食べて、頭を冷やしなさい」

千夏さんは、カップのバニラアイスを二つテーブルに置いた。ちょうど半分ほど解けていて、口の中に入れるとちょうど良い冷たさだった。二人でアイスを突つきながら無言で食べた。口の中が冷えていくと同時に、頭も落ち着いてきた。すると、ポツリと兄が話をし始めた。

「……俺たちさ、二世って言われてきただろ。その重圧っていうかさ、それがずっと自分にとって重荷だったんだよなぁ……二世なのに何でできないんだとか、二世だからなんでも許されるんだろっていう空気がずっと嫌だった。それで学校でいじめられたし、学校だって行かなくなっただろ、俺」

兄は、中学の頃のいじめが原因で登校拒否になり、学校を二回ほど転校した。私もいじめられた経験はあったが、転校するまでには至らなかった。兄は柔《やわ》な性格なのだ。

「子供の頃はさ、親の敷いたレールがあるのが羨ましいって言われて有頂天になった時もあったけど、大人になるとそこから逃げたくて仕方なかった。自分なりに悩んだぜ、これでもさ。俺は長男だし、やっぱり継がなきゃいけないのかってさ。でも、どうしても自分が会社を継ぐってことが想像できなかった。俺には無理だっていうのが、どうしてもあってさ……すまんな」

兄は、アイスを食べながらばそりと言った。兄は兄なりに苦しんできたのだ。長男という立場であるゆえの苦しみを今も背負っているのかもしれない。だとしたらもう、この話は二度とするのはよそう。

「私も言いすぎた……ごめん……」

しばらくの間、二人でアイスを無言で食べ続けた。

「あっ、そうだ」

兄はおもむろに立ち上がり、ソファの手すりに置かれていた携帯を手に取った。

「この人、どう思う？」

兄が差し出した携帯の画面には、スーツ姿の男性が写っていた。面長で、眼鏡をかけているが、眼光の鋭さを感じた。

「同じニューヨーク支店で働いてんだ。年齢は俺と同じで三十六歳。英語もペラペラだし、仕事もできるし、優秀なサラリーマンさ。来年、日本に帰ってくるから、お前がこっちに来なくても大丈夫だ」

「えっ、何よ、それ、どういうこと？」

「何って、お前、今、付き合ってる人いないんだろ」

兄の本当の目的は、これだったのか。

「うーん……ごめんなさい。今はそんな気分じゃないの。会社のことで頭がいっぱいで」

やんわりと断ったのだが、兄はしつこく食い下がってきた。

「気分じゃないっていうのは分かるけど、いい人と巡り合うことも大切だぞ」

「それは、分かってます。それは、そうだとは思うけど……」

ここで亮介の話をするべきなのだが、心の奥でその話にブレーキをかける自分がいた。

「さっき結婚して幸せになりたいって言ってたじゃないか」

「それはそうだけどさ」

アイスの冷たさが歯に染みるより、心に染みている気がした。

「だったら一度会ってみろよ。向こうもお前のこと気に入ってるみたいだし」

「えっ？　ちょっと。私の写真見せたの？　勝手なことしないでよ」

「別に、いいだろ写真ぐらい。ピンボケしてたから、はっきりとお前だって分からないし」

何言ってるんだ、この人は。ピンボケの写真だから相手が私を気に入ったって、筋が通ってないいじゃないか。

「お前、もしかして……」

兄の顔が突然曇った。

「な、何よ」

真顔の兄の顔に、ドキリと心臓が疼いた。

「まだ、過去の男にこだわってるんじゃないだろうな」

「何言ってんのよ。そんなわけないじゃない」

　笑ってごまかした。視線をそらした先で、台所でお茶を入れている千夏さんと目が合った。

「昔の男のことなんて、早く忘れろよ」

「ちょっと、やだな、そんなことあるわけないでしょ。過去にこだわってたら社長なんて務まらないわよ」

「お前だって子供欲しいだろ。そろそろ産んでおいたほうがいいと思うぞ。それに後継者がいないと困るし」

「それだったら心配ないじゃない。もういるし」

「えっ、誰だよ」

　想定外の私の返答だったらしい。兄は目を見開いて、私を凝視した。

「彰君」

「は？　何言ってんだよ。あいつに務まるわけねーだろ。無理だよ、無理、無理」

　兄は苦笑しながらも、目つきは真剣だった。

「彰君にだって後継者になれる権利はあるわ。まあ、彼がなりたいって言えばだけど」

　残りのアイスを食べ終わると、カップをテーブルに置いた。兄は、呆然と私を見つめている。あまりにも真剣な顔つきなので、私は思わず吹き出してしまった。

「やだ、そんなに真剣にならなくてもいいじゃない」

「真剣になるさ。そんな簡単に言うなよ」

ごめんなさいと舌を出して謝った。その時、お風呂が沸いたという合図がリビングに響いた。

「さあ、お風呂に入ってきなさいよ」

千夏さんが、お茶の入った湯呑みを置きながら兄に向かって言った。

「ちづるちゃんだって大変な時期なのよ。叔父様が亡くなって悲しんでるのに、男性と会ってみないかだなんて。そんな無神経な男だとは思わなかったわ」

「こっちはさ、ちづるのためを思ってさ……」

「今じゃなくてもいいじゃない。もうちょっと落ち着いてからにしなさいよ」

「えっ、だってさ……」

「もう、いいから！　お風呂に入りなさいよ。さあ、早く行って、行って」

千夏さんは、兄の肩をポンポンと叩いた。

「……分かったよ」

兄は母親に叱られた子供のように、ブツブツと何かをつぶやきながら、お風呂場の方へ向かった。

「最近酔うと、いつもああなのよ。気にしないでね」

「いいんです。慣れてますから」

千夏さんには、気にしないでくださいという気持ちを込めて、満面の笑みを見せた。

「でも、違ってたらごめんね。ちづるちゃん、好きな人いるんじゃないの？」

心臓が強く脈打つのが分かった。千夏さんにはかなわない。

「やっぱり。で？　どんな人なの」

千夏さんは、目の前の椅子に座ると、好奇心旺盛な目で詰め寄ってきた。

「三か月ぐらい前に、同窓会で再会した同級生です」

「やだぁ、何か運命的な出会いを感じちゃうわね。それで、何をしてる人？」

「木田動物園ってあるじゃないですか。そこの園長なんです」

千夏さんの動きが止まった。

「何、か？」

「いや、何て言うか、動物園っていうのが意外というか……」

「そんなに、意外、ですか？」

「あっ、でも、ちづるちゃんも動物好きだったもんね。動物好きに嫌な人はいないって言うし。本当によかったわ。実は、私も気になってたの。ちづるちゃんが過去を引きずってるんじゃないかって」

千夏さんも、昔のことがきになっていたようだ。

「でも、どうして仁さんに言わないの？　恋人がいるって言えば彼も喜ぶと思うけどな」

「付き合ったって言っても、まだ数回しか会ったことないし。お互い仕事が忙しくて、ほとんど電話でしか連絡し合ってないんです。お互いの気持ちがきちんと定まったら、二人には話そうと思ってたから。だから、兄に言うのはもう少し待って欲しいんです」

千夏さんはもっと話を聞きたそうだったが、遠慮したのかここで話を終わらせた。

「そう。分かったわ。じゃあ、ここでの話はオフレコってことにするから」

「ありがとうございます」

「そうか、よかった、よかった」

千夏さんは満足そうな笑顔を浮かべると、台所に向かった。

私は、過去に二度ほど男性に騙されたことがあった。最初は高校二年生の時で、サンフランシスコの高校に留学していた頃のことだ。当時のクラスには世界各国から生徒が集まっていた。そこでブライアンというイギリス人の青年と仲良くなった。彼は英語が喋れない私に積極的にコミュニケーションを取ろうとしてくれた。そのやさしさに魅かれた。

交際は順調に進み、初めて彼の住んでるアパートに遊びに行った時のことだった。当時流行っていたドラマを彼の家で見ようということになった。ドラマが中盤に差し掛かった頃、彼の携帯電話が鳴り、すぐに部屋から出て行ってしまった。一人になった私は、何気なく本棚の方に目を移した。そして再びテレビに視線を移そうとしたその時、見たことのある雑誌に目が留まった。それは、私が載っている日本の雑誌だった。

ゆっくりとその雑誌を手に取りパラパラとページをめくると、『福島ファミリーの野望』と書かれたページを開いた。そのページの右片隅には、叔父と元気だった頃の父と兄と私が写真に収められていた。経済雑誌の企画として、福島一族が取り上げられた時のものだった。

どうしてこの雑誌を彼が持っているのか。どうやって手に入れたのか。それに私は彼に一言も福島グループのことは話していない。なのにどうして私の家族を知っているのか。完全に頭の中がパニックになっていた。雑誌を持ったまま呆然としていると、ブライアンが部屋に入ってきた。私の姿を見て驚いた表情をしていたが、すぐに苦笑いに変わった。バレたか、と言って、すべてを白状した。彼は私の存在を、担任の先生から教えてもらったという。彼には子供の頃から有名になりたいという願望があり、私と付き合えばいい気分になれると思ったと悪びれもせずに言い放ったのだ。

二度目は、ある外資系のホテルで受付をしていた頃のこと。そのホテルの社員と付き合うことになった。結局それもオーシャンホテルの名が欲しく近づいてきたことが分かり、破局したのだった。彼らは結局、私のことより会社の名前に興味があって近づいてきたのだった。それからしばらくの間、私は男性不信に陥った。男性と手が触れただけでも吐き気がしたり、頭痛に悩まされたこともあった。七年もの間、後遺症と戦った末に生まれた恋なのだ。

「まあ、ちづるちゃんが幸せでよかったわ……あっ、そうだ、木田動物園に行ったことあったわ、彰と一緒に。今、思い出した」

千夏さんは紅茶の入ったティーカップをお盆に載せ、再び戻ってきた。

「そうなんですか」

「そこの園長と付き合ってるのか。だったら、また行ってこようかしら。ちょっと、写真とかないの？」

知り合ってすぐに、二人で中華街に行った日があった。それも、午後から仕事に行かなければならず、半日の休みしか取れなかった。その時に、お寺の前で撮った写真を見せた。

「へー、感じのいい人ね。優しい感じがする。やっぱり、動物好きって嫌な人がいないって本当よね。よかったわね、よかった、よかった」

千夏さんはさっきから、『よかった』という単語ばかりを連発している。自分の幸せがこんなにも人を喜ばせることに、改めて気づいた気がした。

「おーい、タオルがないぞ」

浴室から兄の声がした。

「はーい、今行くわ」

千夏さんは私にウインクをすると、早歩きで浴室へと向かった。

四

時刻は午後九時に差しかかっていた。鎌倉山警察署刑事課の自席にあるパソコンを立ち上げ、『オーシャンホテル』と入力した。すると、福島グループの概要や一族についての情報がずらりと出てきた。八島が言うように、福島グループとは東京にあるオーシャンホテルを筆頭に、中間層向けのビジネスホテルや格安ホテルなどを全国展開させている大企業だった。

「オーシャンホテルのこと調べてるんですか、先輩」

八島がパソコンを覗き込んで言った。

「ちょっと、いいですか」

八島はキーボードを占領して、素早く何かを打ち込んだ。

「ホタル旅館？　あぁ、さっき言ってたやつか」

パソコンの画面には、ホタル旅館のホームページが開かれていた。

「宿泊客限定で、百匹以上のホタルを庭先に放つんですよ。泊まった客によると、すごく幻想的らしいです」

「ふーん、そうなのか」

めったにテレビを見ないので、世間の流行には疎かった。

「ホタルを人工的に増やすことに成功したらしいです。でっかい施設作ったみたいですね。噂じゃ、総工費数千万円以上らしいですよ」

「ホタルをふ化させるだけだろ。そんなに金がかかるのか」

「今まで誰も成功してなかった事業だったみたいですよ。だから、コストも半端ないんじゃないですか」

ホタルは人工的に増やすことは難しいという。言われてみれば、ホタルの養殖というのは聞いたことがない。福島という男は、相当な資金調達能力の持ち主だったのだろう。でなければ、これほどのプロジェクトを成功に導くことはできないはずだ。

「一泊二十万円らしいですよ」

「えっ、一泊、二十万？　そんなにするのかよ。高すぎないか」

「一日五組限定らしいですけど、もう三年先まで予約で埋まってるらしいです」

「お前、いやに詳しいじゃないか。もしかしてもう泊まってきたのかよ」

「違いますよ。話題になったから知ってただけですから」

八島は否定しながらも、顔はニヤつきが止まらない。まあ、こいつが誰と週末を過ごそうと興味はない。だが、旅行に興味ない俺でも、ホタルが百匹も放たれた庭を想像してみたくなる。都会に住んでいると、心を癒す場所や時間を求めたくなるのだ。

「あっ、先輩も興味が湧いてきたでしょ？　奥さんと行きたいなって思ったですよね」

「うるせーな。そんな時間ねーよ」

　二歳年上の妻には迷惑をかけているはずだ。家を空けるのは日常茶飯事な俺に、よく付いてきてくれると感謝の気持ちはあるにはある。いつかは豪勢な旅行をさせてあげたいとは思う。だが、行動に移す時間がないだけだ。もし俺が、突然そんな豪華な場所に連れて行ったら、今までの苦労を水に流してくれるだろうか。定年までに何か形にしないと、死んでからも恨まれそうだ。

「でも、八月のいつか忘れましたけど、一般公開されるらしいですよ。あまりにも反響がすごすぎて」

「じゃあ、お前も行けるじゃないか」

「えっ……まあ、そうですね」

　八島が再びニヤつき始めたので、思わず八島の頭をこづいた。痛いじゃないですかと言うものの、その顔はあまり痛そうには見えなかった。

「でも、あの家も大変ですね、いろいろと」

「何がだよ」

　八島の話を聞きながら、パソコンの検索画面に「アミメニシキヘビ」と入力した。

「いや、ちょっと小耳に挟んだ話ですけど、肝心のホテルの方がヤバいらしいですよ。最近、客数が伸びてないみたいです。外資系のホテルが増えて客を奪われてるみたいですね」

　確かに、この数年でホテルが増えた印象がある。聞き込みで都内などを回ることが多いせいか、肌でそう感じる。と同時に、顧客の獲得競争は必死だろうとも思う。景気がよければいいが、そうでなければ客の奪い合いになる。いくら有名なホテルでも、料金が高ければ敬遠されることもある。

「ライバルが予想以上に増えたってことか。大変だな」

「でも、ホタル旅館が好調ですからね、これから盛り返してくるんじゃないですか……。あっ、今度は何を探してるんですか」

　八島は再びパソコンを覗き込んだ。画面にはアミメニシキヘビの写真が映し出されている。

「へー、あの蛇ってインドとかフィリピンで生息してるんですね。確かに、あんな大きな蛇、日本にいないですよね」

　パソコンの画面を見ながら八島が言った。いつの間にか、隣の机の椅子を引いてきて食い入るように蛇の写真を見つめている。

「でも、何でそんなこと調べてるんですか。この件は、事故死で処理するんですよね」

　俺だってそのつもりだ。だけど、何となく蛇のことが気になって調べてみたくなったのだ。

「あの子、いくつぐらいだろう」

八島は「あの子」の意味が分からなかったらしく、一瞬黙り込んだ。

「あの子って……あぁ、あの綺麗なお嬢さんのことですか。福島誠の姪の」

「あの子が社長なんだろ、オーシャンホテルの」

「そうみたいですね。でもまだ若いですよね。僕よりちょっと上の、三十代前半ぐらいに見えましたけど……何か気になることでもあるんですか、そんなビデオ見て」

ネットで蛇の捕食シーンを見ていた。そこには、大型の蛇がワニの体に胴体を巻きつけ頭から飲み込んでいるところが映し出されていた。

「こんな風に締め付けられたら、絶対に逃げられないよな」

「そりゃそうですよ、相当な力で締め上げられてますからね……ちょっと、僕の質問に答えてくださいよ。やっぱり気になるんでしょ、彼女が言ったこと」

「おい、これ見ろよ。腹が割けてるぞ」

別の映像を見ると、鹿のような大きな獲物を食べたのはいいが、それが大きすぎて腹が割けてしまった蛇が映し出されていた。

「グロテスクだな。そう思わないか」

八島に同意を求めたのだが、大きなため息をつかれてしまった。

「そんなの見てないで、今回の件の書類作ってくださいよ」

八島は座ったまま、椅子を隣の机の前に移動させると、自分のパソコンを立ち上げた。

そしてそのまま書類の作成を始めた。嫌みを言う後輩の意見を払いのけ、パソコンの画面を食い入るように見続けた。八島の言う通り、福島ちづるの言葉が引っかかっていた。彼女と家政婦は、二人とも福島誠の神経質さを主張していた。既にこの世にいない彼の性格まで知ることはできない。だが、生きている人間の主張を無下に否定してもいいのか、とも感じていた。誰がどう見ても不審な点は見られないのだが、何か引っかかるものがある。

「事故として処理していいですよね、先輩」

俺の心を見透かしているかのような質問を、八島はしてきた。

「……おう、いいぞ」

八島はホッとした表情を浮かべると、再びキーボードを動かしはじめた。

俺は複雑な胸中のまま、八島にそう答えるしかなかった。現状は事故処理として成立している。なのに、俺の独断と偏見でその後の作業を止めてしまうのは、八島だけでなく部長にも迷惑をかける。今は胸の中に留めておくことだけしかできなかった。

椅子から立ち上がり廊下に出ると、喫煙所へと向かった。そこには椅子はなく、背の高いテーブルと自動販売機があるだけの小さな空間だ。タバコを吸いながら、今日あった出来事を思い返してみる。今日起きたこと全て、俺の人生で初めての出来事だった。まずは巨大蛇をまぢかで見たこともなかったし、被害者のあんな苦しそうな死に顔を見たのも初めてだった。恐らく、こういう体験はもう二度とできないし起きないだろう。それだけ稀有な体験だった。

一本目のタバコを吸い終わり、二本目に手を伸ばそうとしたがやめた。今朝の階段を上がり切ったあとの体力のなさが頭をよぎった。昔はあのぐらいの階段は、一段抜かしで上がれたはずだ。中年太りと筋力の低下が、現実のものになってしまった。捜査も車を利用することがほとんどなので、歩くことを短縮して運動もままならない。運動不足は否めない。

「ジムにでも通うかな」

タバコの吸い殻を捨てて、事務所へと戻るべくドアを開けた。まさか再びあの階段を上がることになるとは、この時は考えてもいなかった。

五

朝起きてテレビを点けると、どの番組もトップニュースで叔父の死を伝えていた。『不運の死』という見出しで、叔父の経歴やホテルでの業績などを紹介していた。葬儀は今日の午後から、横浜市内にある妙礼寺で執り行うことになった。この寺には、父と母、それに叔母も眠っている。

カーテンを開けると、横浜港が太陽の光に照らされてキラキラと輝いていた。それとは対照的に私の心は一向に晴れないでいる。昨晩は霊安所で見た叔父の遺体の顔が、頭にこびりついて一睡もできなかった。亡くなってまでも苦しそうにもがいているように見えた叔父の顔は、一生忘れないだろう。

葬儀の時に、様々な来客に対応するために、叔父の人生エピソードを思い出していた。私の知らない来客も来るはずだし、どんな質問をされても対応できるようにしておきたかった。

叔父は高校を卒業後すぐに上京し、東京のホテルでアルバイトとして働きだした。と同時に夜間大学へも入学した。実家が裕福だったわけではないので、大学は諦めていたらしい。だが、高校の担任の勧めもあり、奨学金をもらって通っていた。早朝はホテルの受付の仕事をし、午後七時になると大学へ直行するという生活を四年間繰り返した。しかも、実家に仕送りをしていたので、パン一切れしか食べられない日もあったという。

四年間を苦学生として過ごし、卒業してそのままホテルに就職した。しかし、二年後にそのホテルは倒産してしまう。再就職先がなかなか見つからず、実家に戻ることを余儀なくされた。この時期が、叔父にとって一番辛い時期だったという。親戚たちからは白い目で見られるし、学生時代の友人は結婚して家庭を持っている人が多くいて、幸せな人を見ているのが嫌だったという。

そんな失意の日々の中で唯一の楽しみが、田んぼ道をブラブラと散歩することだったという。叔父は昔から自然が好きで、昆虫や草花などを採集する趣味があった。ある日のこと、その日は山に向かうあぜ道を歩いていた。すると、道の真ん中に細長い物体を発見した。近づいてみると、それは脱皮したアオダイショウの抜け殻だった。その抜け殻は頭の先から尻尾まで繋がった、綺麗な状態のものだった。蛇は昔から金運を呼ぶ縁起のいい動物だと言われている。その理由は蛇の模様が小判に似ていていることからきているらしい。特に抜け殻を財布に入れておくと、金運が良くなるという。叔父はその抜け殻を家に持ち帰ると、切り刻んで財布に入れていた。

それから一週間ほどしたある日のこと、実家の電話が鳴り出ると、相手は大学時代の友人からだった。聞けば友人の父親が経営するホテルで欠員が出たので来ないかという誘いだった。そして叔父は、再び上京した。そして再びホテルマンとしての一歩を踏み出したのだった。

意気揚々と東京へと乗り込んだものの、実際にはホテルではなく旅館だった。しかも、建物は今にも壊れそうなほどオンボロで、部屋数も五部屋しかなかった。料金的にも高い設定はできないので、給料は日々の生活をするだけで精一杯だったという。それでもなんとか集客率を上げる方法はないかと考えを巡らせていると、蛇の抜け殻を利用することを思いついた。宿泊してくれた客に、蛇の抜け殻をプレゼントするというものだった。早速、八王子の方の山へと出かけると、一匹のアオダイショウを捕まえてきて飼い始めた。そして、蛇が脱皮をすると、その抜け殻を約五センチほどに切り刻んだ。一つずつ丁寧にポチ袋に入れると、宿泊客には『金運の蛇殻』として配ったという。

配り始めて一か月が経った頃、ある宿泊客から宝くじに当たったという話を聞かされた。そこから噂が広まり、集客率が徐々に増え始めた。

叔父の営業センスは、この頃から培われていたと言ってもいい。今の成功があるのは、アイディアを必死に考え抜いた日々があったおかげだ。そこから、叔父の蛇を飼う生活が始まった。蛇の魔力に取り憑かれてしまった叔父は、日本の蛇から世界の蛇へと興味を広げ始めたのだった。

「あっ！　もうこんな時間」

我に返り時計を見ると、葬儀会場へ行く時間が差し迫っていた。

バターを塗ったパンを一口食べ、コーヒーを口に含んだ。女子なら、もう少しマシな朝食を摂るべきだろう。仕事のせいにして作る時間を省き続け、結果的に野菜不足が続いている。食事抜きで仕事をすることも多いので、鉄分不足で軽い立ちくらみを感じることが度々起こる。毎朝起きるたびに、今日こそは作ろうと思う。そう思いながらも、二度寝やグズグズとテレビを見てしまう。こんなんで結婚できるのだろうか。

その一方で、仕事に追われる日々に抗うことができないのも現実だった。今は、ホテルを立て直すことで頭がいっぱいだった。このままでは、事業が縮小してしまうかもしれないし、下手をしたら倒産の二文字も見えてきてしまう。倒産しなくとも、経営権を譲渡するようなことが起きれば、亡くなった叔父にも父親にも顔向けができない。それだけは、なんとしても阻止しなければならない。今が正念場なのだ。それより何より、菊池たちに揚げ足を取られないようにしよう。男にうつつを抜かして、などと言われないように気を付けないといけない。

「そうだ」

仕事に追われ、亮介には葬儀の話はしていなかった。念のため、彼にも知らせておこう。携帯を手に取ると、亮介に叔父の葬儀に出席する旨をメールした。返信がすぐに来ないことは分かっている。午前中に送って、翌日に返事が来ることなど当たり前にあった。返事は早いに越したことはないが、彼も今は手一杯だという。春であるこの時期は、動物の出産ラッシュらしく、毎日のように子供が生まれるので手が離せないと語っていた。できれば、亮介を叔父に紹介したかった。二人とも動物好きなので、気が合っていたと思う。それが唯一の心残りだった。

横浜にある妙礼寺は、周囲を住宅に囲まれたところにある。寺の周囲は木々が生い茂り、鳥などの格好の休憩場所になっている。住民たちにとっても、疲れた心を祈りで癒す場所になっている。そんな憩いの場所も葬儀が始まると、和やかな空気は一変した。ピリピリと張りつめた空気が、寺全体を覆っていた。弔問客は下請け業者などが多く、友人知人などはほとんどいなかった。人づきあいが苦手だった叔父は、休日はほとんど自宅に籠っていることが多かった。だから、弔問客が少ないのも頷ける。

祭壇の中央には、生前の凛とした表情をした叔父の大きな写真が飾られていて、その周りには白いユリの花が飾られている。ユリの花は叔母が大好きな花だったので、私がリクエストした。

「おい、ちょっと休んでこいよ」

葬儀が始まって三時間ほど経った頃、隣に座っていた兄が小声で私に囁いてきた。

「大丈夫よ。だって、社長の私がいないと困るでしょ」

「昨日寝てないんだろ、顔に出てるぞ。もう、そんなに人、来なさそうだし。俺だけで大丈夫だからさ」

入り口を見ると、人の流れは完全に止まっていた。

「いいから行けって。お前が倒れたりしたら、それこそ一大事だろ」

やはり兄は気付いていた。睡魔が襲ってきた私の頭が、前後左右に揺り動いていたことを。寝不足だけでなく疲れが溜まっているせいで、一時間以上も前から頭痛がしてきている。ここは、兄の好意に甘えさせてもらうことにした。

「分かったわ。じゃあ、ちょっと休ませてもらうね」

外に出ると、心地よい風が頭を通りすぎていった。立ち止まると、両手を広げ思いっきり深呼吸をした。新鮮な空気が肺に入っていくのが気持ちよかった。

「イタタタァ……すごい凝ってる」

肩が強ばり、首回りがセメントみたいに硬くなっていた。それをほぐそうと、首を前後左右に回した。肩甲骨のツボを押しながら携帯を取り出すと、メールをチェックした。

「……きてないか」

亮介からの返信はなかった。やはり、仕事が忙しいのだろう。期待をしないほうがいいとは思っていても、気持ちがそっちへと傾いてしまう。寂しい気持ちになると分かっていてもやめられないのは、世の女性すべての習性なのかもしれない。

「ちづるさん」

不意に頭の後ろから声が聞こえた。振り向くと、懐かしい顔の男性が立っていた。佐伯さんだった。

「どうも、お久しぶりです」

「ご無沙汰してます。ちづるさんもお元気そうで」

佐伯さんは、叔父より五つ年上の七十五歳で、長年経理を担当してくれていている。今は在宅勤務という形で叔父に代わり通帳の管理をしてくれている。

「このたびは、会長があんなことになるなんて、本当に驚きました。未だに信じられません」

佐伯さんは、沈痛な面持ちで私に向かって頭を下げた。佐伯さんも叔父の死がショックだったようだ。

「こちらこそ、お世話になりました。長い間、叔父の側で働いてくれてありがとうございました」

「いえ、そんな。お礼を言うのはこっちですから」

佐伯さんは、何度も私に向かって頭を下げた。実は佐伯さんは二度ほど胃がんの手術を経験していた。理由ははっきりとは言わないが、叔父の性格が理由ではないかと想像している。叔父はかなりの気分屋で、気にいらないと人前でも平気で怒鳴ったりしていた。その現場を、偶然目撃したことがあった。学生だった頃に見た、叔父の家で耳を真っ赤にして俯いていた佐伯さんの姿が、今でも忘れられない。それを物語っているのが佐伯さんの体型だった。年齢に対して細すぎる体型は、苦労の表れだろう。

「蛇に襲われるなんて想像もしませんでしたので、とっても驚きましたし、残念にも思います」

「そうですよね。私も、それは想像してませんでした」

「会長は満足な人生を送ったと思いますよ。やりたいことを全て叶えてから亡くなったわけですから」

「やりたいこと、ですか」

「ホテル事業は成功して今も成長してますし、ホタル旅館はアイディアで勝負して話題になったし。思っていたことが実行に移せるって、一握りの人間だけだと思うんです。だから、本当に幸せだと思うんですよね」

夢を叶える、という目標を掲げたのはいいものの、達成できない人間の方がはるかに多い。じゃあ、最初から夢など追わなければいいと思う。でも、世の中の大半の人が夢を持った方がいいと言う。これは、甘い罠なんじゃないか、と私は思う。夢を叶えるまで、その呪縛から逃れられないからだ。夢を叶えるのは楽じゃない。その道のりが辛いものだからこそ、目指さなくてもいいのではないかと思う。私みたいに叶えたい夢がなくても、思い描いた人生とは真逆の道へと歩みを進めている人間もいる。人生って、本当に分からない。

「特に、ホタル旅館が実現したことは嬉しかったみたいですね」

「そうですね。叔父は田舎が好きでしたからね」

叔父は、時間を見つけては地方の田舎町を旅していた。その中で、ホタル旅館の構想が生まれたという。

「ホタルを見たことのない都会の人に、田舎のよさを分かってもらいたいって言ってたことが昨日のように思い出されますよ」

佐伯さんは何度も瞬きをして、鼻をすすった。叔父との付き合いが二十年以上に及ぶので、こみ上げてくるものがあるのだろう。淡々と話す佐伯さんに、何故か例の質問をしてみたくなった。叔父の死についての疑問だ。

「鍵を閉め忘れたことですか……うーん、そうですね」

佐伯さんは真顔になって考え込んでしまった。自分で質問しておいて、もし佐伯さんが私の意見に同調したらどうしようかと、逆に不安にもなる。再び警察に出向いても、ウザがられるだけだ。そうと分かっていても、聞かずにはいられなかった。

「でも、会長はもう七十歳ですよね。そのくらいの年齢だったら、多少の物忘れはするんじゃないですか。私だって気をつけてても、鍵を忘れたりしますからね」

叔父とそう年齢は変わらない佐伯さんの発言には、説得力があった。

「まあ、そうですよね……すみません、なんか変なこと聞いてしまって」

何となく、ホッとした。それは、面倒なことを回避したからだろうか。兄から警察には従えと釘を刺されたことも影響しているのかもしれない。待てよ、と思った。ひょっとすると、叔父の死因の原因はどうでもいいと思っている自分がいるのだろうか。安堵している自分が事実なだけに、自分をどうコントロールしていいか分からなくなっていた。

「それより、ちづるさんにお話ししなければならないことがあるんです。これ、見てもらっていいですか」

佐伯さんは話題を変えると、鞄の中から一枚の小切手を取り出して私へと差し出した。その小切手の金額に、思わず、声を上げた。金額を見ると驚いた。そこには、一億円の金額が刻まれていたからだ。

「こんな大金を、叔父がですか」

「はい。一週間前ぐらいですかね、会長に呼び出されて用意するように頼まれたのですが」

「これって、用途はなんですか」

「えっ、ちづるさんもご存じなかったんですか？　てっきり了解済みだと思っていましたが」

「てっきり?」

佐伯さんは慌てた様子を見せ、遠慮がちに話を続けた。

「あっ、いや、その、ホテルの現状を伺ってたものですから、補填のために使われるのかと……すみません」

佐伯さんは恐縮気味に頭を下げた。叔父が私のために用意するはずがない。だとしたら、もっと早く私にメールの返事をしてくれていたはずだ。

「じゃあ、サプライズで渡そうと思ってたんじゃないですか。ちづるさんの誕生日プレゼントに、とか」

「まさか」

叔父がそんな洒落たことするはずがない。現に、プライベートでそんなおしゃれな演出を受けたことが一度もなかった。

「私にはあまり話しませんでしたけど、会長はホテルの状況を気にしていたと思いますよ」

「それだったらアドバイスの一つぐらいくれてもよかったのに」

ついつい、私の口調も尖ってしまっていた。叔父に相談のメールをしていたことを、佐伯さんに話した。

「ちょっと座りましょうか」

突然、佐伯さんは近くにあったベンチに私を座らせた。

「ちづるさん、老害って言葉の意味をご存じですよね」

「老害ですか？　……ええ、まあ、知ってますけど」

老害とは、高齢者が権力を持つことにより若い人に悪影響を及ぼしてしまうことだ。

「あれはいつでしたか、会長とそのことについて話したことがあったんですよ。次の代にどうやってバトンをつなぐのがいいのかっていう話をしたんです」

「私に叔父の権力が影響するかもしれないってことですか？」

佐伯さんは大きく頭を縦に振った。

「はい。年寄りが口を出しすぎたり、甘やかしたりしすぎて会社の経営が阻まれるケースが、世の中には結構あるんです。最悪の場合、倒産させてしまうことだってある。名の知れた大企業になると、経営に関係のない妻とか親族が口出ししたりしてしまう。そんなことされたら、後継者は混乱しますよ。会長は、この老害によって潰れていった会社をたくさん見てきてます。それを恐れてたんだと思いますよ」

「でも、私が社長になってからずっと赤字で、ホテルだってもう二十棟も潰してるんですよ」

「私からすれば、まだ二十棟って、思いますけどね」

「まだって。そんな簡単には考えられません。今年だって潰さなきゃいけなくなるのに、心配でしかないですよ」

思わずため息が出た。もう二十棟も潰してきたのかと、声に出して聞くとゾッとする。

ドミノ倒しのようになりそうで、不安になる。

「もしかすると、時期を待ってたのかもしれないですね」

「どういう意味ですか？」

「会長はちづるさんに言いましたよね。自分が死んだと思いなさいって。それは泣きつかれてすぐに答えを出してしまったら、ちづるさんのためにならないからですよ。藪をつついて蛇を出すっていうことわざがありますしね」

『藪をつついて蛇を出す』とは余計なことをして、それが原因で悪い方向へ向かってしまうという意味だ。こんなことわざ、誰も知らないだろう。佐伯さんも、少なからず叔父の影響を受けているようだ。

「迂闊に口を出して、判断を狂わせたらいけないと考えたと思いますよ。会長の意見は、重みがありますからね」

「でも……」

言葉が詰まった。反論はあるものの、佐伯さんが言うのも一理ある。私のためを思っての叔父の態度だったとしたら、感謝しなければならないかもしれない。でも、納得はしていない。苦しい思いを吐露している身内に対しての態度とは、到底思えない。でも、もう叔父はこの世にはいない。当事者がいない話は、堂々巡りにしかならない。

「とにかく、この小切手はこっちで預かりますね」

そう言うと、佐伯さんはホッとした様子を見せた。

「よかった。じゃあ、よろしくお願いします。じゃあ、私はこれで……ちづるさんも大変でしょうが、あなたなら乗り越えられますよ。頑張ってください」

佐伯さんはそう言ってほほ笑むと、頭を下げて去っていった。先ほどまでの眠気は、とうにどこかに飛んでしまった。

「そこにいたのかよ」

後ろを振り向くと、兄がポケットに手を入れて立っていた。どうやら、弔問客もひと段落したようだ。

「ねえ。これ、見てよ」

小切手を兄へと差し出した。

「えっ、一億円じゃねぇか。マジか」

兄は目を丸くすると、みるみるうちに表情が硬くなっていった。いつもの兄じゃないみたいだった。

「どうしたの、兄さん。何か、変よ」

兄は手に取った小切手に目が釘付けになっていた。

「まさかとは思うんだけどさ……実は俺さ、叔父さんに資金の援助を頼んだんだ」

叔父に会うためにわざわざニューヨークから帰国したという。

「そんなお金、何に使うの？」

兄はなぜか周囲を見回すと、周囲に誰もいないか確認をした。

「実はさ、今の会社を辞めようと思ってるんだ」

「辞める？　えっ、どうしてよ」

「自分の会社を立ち上げたくてさ。軍資金をもらえないか頼みに行ったんだ」

わざわざ日本に帰ってくるなんて、兄の決心は本当なんだと思った。でも、顔の表情が冴えないのを見ると、結果は何となく想像がつく。

「反対されたんでしょ、叔父さんに」

兄は苦笑いを浮かべると、右手で頭のてっぺんを掻いた。

「今は不況だから、下手に動かない方がいいって言われた」

「でしょうね。叔父さんらしいわ」

「先見の明がないだの、お前じゃ無理だの散々言われたよ」

兄は、ポケットからタバコを取り出すと、徐に吸い出した。吐き出す煙が、心なしか侘しさを感じさせた。

「まさかあんなに怒られるとは思ってもいなかったからさ。ホント、相談するんじゃなかったよ」

「機嫌が悪かったんでしょ？　叔父さん」

兄は天を仰いだ。

「ああ、悪かったな。あの人って、どうしていつもあんななんだろう。なんか損してる気がするな」

「まあ、それが叔父さんの個性だから」

　家庭では意外にもかかあ天下で、叔母が叔父の口の悪さをよく諫めてくれていた。叔母に逆らえなかった叔父は、まるで借りてきた猫のように大人しくなるのだ。叔母が亡くなってからは、タガが外れたように言いたい放題な性格に戻っていった。

「っていうか、もうそんなこと考えなくてもいいんだよな。こんなこと言っちゃいけないことだろうけど、死に方も叔父さんらしいって思うよ」

　私は、兄の言葉に同調するわけでもなく、ただ黙って聞いていた。

「でも、一億も必要だなんて言ってないよ。その四分の一の二千五百万ぐらいだぞ」

「金額、間違えたのかもよ」

「そんなことないだろ、叔父さんに限って」

　叔父は記憶力がいい人だから、そんな単純な間違いを犯す人ではない。そのことは兄も重々承知していた。

「まあ、どっちにしてもさ、その一億円は叔父さんのものなんだから、お前が預かっておけよ」

　兄は私の肩をポンッと叩くと、笑顔を浮かべた。でもすぐに、兄のやせ我慢だと感じた。何故なら、両目の端は下がっていて本気の笑顔ではないからだ。心からの笑顔は、両目が細く垂れ下がるから、すぐに嘘だと見抜けるのだ。本当は今すぐにでも現金が欲しいはずだ。

だとしたら、兄の願いを叶えてあげたかった。耐えきれずに、思っていることを口にした。

「私が出してあげようか、その軍資金」

「何言ってんだよ。冗談言うな。お前の世話にはならねえよ」

兄は即答した。

「どうしてよ。父さんの遺産だと思えばいいじゃない。兄さん、相続してないでしょ」

父が亡くなった時、兄は遺産を受け取らなかった。その理由は語らなかったが、自分が会社を継がなかったという負い目があったのだと思う。

「いいよ、俺の問題だから自分で何とかする」

ボソリと呟くように言い、そのまま黙りこんでしまった。妹には世話にはならないという姿勢は、昔から全く変わっていない。これ以上、私からは何も言えなかった。

「仁さん」

喪服を着た千夏さんが近付いてきた。マタニティー用の喪服なので、大きなおなかが特に目立つ。

「何だかちょっと気分が悪くて。先、帰ってもいいかしら」

千夏さんはハンカチを手に当てながら言った。

「おい、大丈夫かよ」

兄は不安げな様子で、千夏さんの側へと近づいた。

「大丈夫よ。たぶん気疲れだと思う。久しぶりにこんなに緊張する場所に来たから。ちづるちゃん、ごめんなさいね」

千夏さんは申し訳なさそうに頭を下げた。

「気にしないでください。体の方が大事ですから」

「じゃあ、こいつ送って、また来るから」

そう言うと兄は、千夏さんを連れて出口の方へと歩いて行った。

兄が戻るまで一人で来客の対応をして、葬儀が終了した時には、午後九時を回っていた。車の後部座席に乗り込むと、体中の体力が抜け落ちていくのを感じた。両足が浮腫んでパンパンに腫れあがり、ストッキングが破れるんじゃないかという錯覚を起こさせた。

「お疲れ様でした」

田中の問いかけに、私はただ頷くことしかできなかった。

「今日は疲れたでしょう。明日の出社は、午後からにしますか」

田中は疲れた私に配慮したのか、余裕を持ったスケジュールを聞いてきた。

「そうね……あっ、そうか！」

「えっ、何か忘れものでもありましたか？」

車という狭い空間に落ち着いてホッとしたのか、突然疑問が晴れた。思い浮かんだのは、あの小切手の一億円は何のためのものか。それはホタル旅館への投資にちがいなかった。一億円あれば、旅館を建てられるしホタルの増殖も可能だろう。田中に小切手の件を話すと、私の考えに同調してくれた。

「まあ、会長の性格からして、社長に渡す小切手ではないでしょうね。だとすると考えられるのは、旅館への投資しかないでしょうね」

だとすると、まだやらなければならないことがある。

「鎌倉の叔父さんの家に行くわ、今から」

「えっ？　今からですか」

田中はかなり狼狽していた。まさか、横浜から鎌倉へと移動するとは思ってもいなかったからだろう。

「一億円の用途を調べなきゃ」

「でも、今日はもう遅いですし、それに社長のお体のことを考えると、明日にした方がいいかと」

腕時計を見ると、午後十時になろうとしていた。叔父の自宅へ到着するのは、十一時頃だろう。叔父の葬儀にかかりっきりになっていたから、仕事が滞ってる。しばらくは、自由な時間さえ取れないのだ。体力的にはキツいが、行くのは今しかない。

「申し訳ないけど、そうして欲しいの」

一瞬の間を置いて、田中は分かりました、と諦めたように言った。

鎌倉に到着した時には、予想通り午後十一時を過ぎていた。叔父の自宅は、喪に服しているかのようにひっそりと静まり返っていた。田中と一緒にまずは『蛇の部屋』へと入った。電気をつけると、蛇たちは私たちを出迎えてくれた。

「ただいま」

籠の中で自由に動き回っている蛇を見ていると、亡くなった叔父のことを探しているのだろうかと思えて悲しい気持ちになる。

「私、この部屋に入るのは初めてですね」

田中は、物珍しそうに蛇を見つめている。ケージを覗き込んで凝視しているので、爬虫類は苦手ではないようだ。

「でも、この家には来たことはあるでしょ」

「ありますけど、もう二十年以上前ですよ」

田中は当時の社長、つまり私の父の秘書をしていたので、叔父とはあまり接点がなかったかもしれない。

「餌をあげなきゃ」

「あげるって、今からですか」

田中は目をまんまるにして驚いていた。

「そうよ」

この部屋には日本の蛇もいるが、ほとんどが南米やフィリピン、インドネシア、インドなどの広域から取り寄せている蛇ばかりだった。それぞれ育ってきた気候が違うし、大きさも違うので育て方も違ってくる。例えば健康な蛇は週に一回餌をあげればいいのだが、体調が悪くなったりすると餌を食べなくなる。育ち盛りの蛇は週に三回あげるのに対し、大人になると週に一回ほどでよかったりする。いくら叔父の記憶力がいいからといって、全ての蛇の情報を把握するのは無理だ。だから不安を解消するために、ノートが必要なのだ。でもノートは、この部屋にはない。

「仕方ないから、とりあえず全部にあげましょう」

おなかが空いてたら食べるだろうし、食べなかったら餌を回収すればいいだけだ。

「じゃあ、あなたも手伝って」

「えっ、私がですか」

田中は戸惑いの表情を浮かべた。田中には悪いとは思ったが、初めから手伝ってもらうためにここに連れてきたのだ。一人でエサをあげるのは時間もかかるし、それよりもこの家に一人でいることが怖かったからというのある。

「やってみると、楽しいわよ。簡単だからやりましょうよ」

「……分かりました」

田中は観念したように言った。

「じゃあ、まずは餌を解凍しなきゃね」

部屋の隅にある八十六リットルの小型冷凍庫の扉を開けた。中には、食品保存用の容器が五つほど綺麗に並べられていた。その一つを手に取り蓋を取ると、容器の中は食用のマウスが饅頭のように綺麗に並べられていた。冷凍庫の上のフィルムヒーターの電源を入れ、その上にその容器を載せた。

「どのぐらい、温めるんですか」

「十五分ぐらいかしら」

二十分ほどが経ち、使い捨てのゴム手袋を両手にはめ、食用マウスの胴体を触った。マウスの胴体は、熱くも冷たくもなくちょうど人肌ほどの温度になっていた。

「これで準備は完了よ。じゃあ、これとピンセットを持って。今から手本を見せるわね」

田中にマウスの入った容器とピンセットを差し出した。

「ちょっと、怖いな。噛みついたりしないですか」

「大丈夫よ。蛇って大人しいのよ、意外と」

真顔で心配している田中を尻目に、私はケージの側面に付けられたフックから鍵を手に取った。各ケージの横には、必ず小さな鍵がフックに掛けられている。

「蛇は少しの隙間でも外に出てしまうから、閉め忘れに十分注意してね」

目の前のケージの中には、アカマタという日本の蛇が入っていた。アカマタは、黄褐色がベースで黒褐色と赤褐色に縞模様になった胴体をしている。ずっと頭を天に向けてケージの側面に体を這わせながら、胴体を前後左右に揺らして動いていた。まるで餌をせがんでいるように見えた。

「じゃあ、お手本を見せるわね」

鍵を開けてから食用マウスをピンセットでつまむと、扉の隙間からゆっくりと中に入れた。蛇は餌に気づかないのか、同じ動作を繰り返している。

「そしてすぐに鍵を閉める。ね、簡単でしょ」

「まあ、簡単ですけど。でも、ちょっと怖いですね。だって、毒を持ってるんでしょ」

「じゃあ、毒がない蛇を選んであげるわ。それだったら怖くないでしょ」

「どの蛇が毒を持ってるとか分かるんですか、こんなに数がいて」

田中は目を丸くして驚いていた。

「まあ、おぼろげにだけどね。間違えたらごめんね」

「えっ……」

田中の表情が凍り付いた。本気で蛇に噛まれることを想像したらしい。

「ちょっと、冗談よ。そんなに緊張しなくてもいいでしょ」

冷静沈着な田中をからかうのは面白かった。こんなに本気で怖がってる田中を見られるのはめったにない。

「このアオダイショウは、毒を持ってないから大丈夫よ」

田中のすぐ近くにある大きいケージの中には、六匹のアオダイショウが入っていた。田中は中のアオダイショウをしばらく見つめていた。アオダイショウたちは、舌をペロペロと出して体を横たえていた。

「じゃあ、いきますよ」

覚悟を決めたように大きく深呼吸した田中は、私がした動作をマネし始めた。一つ一つの動作が緊張のせいでゆっくりしすぎて、蛇がケージから出てしまわないか不安になる。でも、回数を重ねていくと徐々に慣れてきたのか、動作が素早くなってきた。

「でも、社長がこんなに蛇に詳しいとは思ってませんでしたよ。会長に教わったんですか?」

田中は餌をやりながら私に尋ねた。

「そう。私がやりたいって叔父さんに頼んだの」

初めて蛇に餌をあげたのは、中学一年生の夏休みの時だった。餌をあげている叔父の姿を見てカッコいいと思ったのかきっかけだった。

「でも生まれて初めて、自分が志願したことを後悔した瞬間でもあったわね」

「それは、なぜ?」

「教え方がスパルタでね、すごく怖かったの。だって間違えると、子供の私に向かって大声で怒鳴るんだから」

ある日、ケージの鍵を閉め忘れたことがあって、叔父にこっぴどく怒られたことがあった。顔を真っ赤にして怒っていた叔父を見て、正直その時はそんなに怒らなくてもいいのに、と思っていた。

「でもね、怒られるのも当然だったの。軽く考えてたんだもの。今考えると、ゾッとするわ。毒蛇に平気で餌あげてたんだから」

叔父が怒るのも無理はなかった。蛇の毒にもそれぞれ種類があって、その毒に合った処置をしなければならない。万が一嚙まれたら、不適切な処置をされた場合は命を落としかねない。

「でも、飼い主がいなくなって、この蛇たちはどうなるんですか。まさか、このままここで飼うわけにはいかないでしょ」

「そうよね。どこかで引き取ってくれないかしら」

叔父の飼い方がよかったおかげで、蛇たちの健康状態はよさそうだった。これなら、蛇の愛好家に引き取ってもらえるかもしれない。

「じゃあ、動物園とかどうですか。珍しい蛇ばかりだから、喜んで引き取ってくれそうですけどね」

動物園……。頭の中で、蛇を扱う亮介の姿が目に浮かんできて、急に恥ずかしくなった。彼がこの蛇の存在を知ったら、驚くだろうか。それとも、喜んでくれるだろうか。

「あの、大きな蛇はどうするんですかどこか引き取り手があるんですか」

田中はアミメニシキヘビの檻を指差した。蛇は、今日もとぐろを巻いて寝ている。その姿は、叔父を殺したことを反省しているように見えた。

「まあ、ちょっと厳しいかもね」

これだけ大きいと、それ相応のスペースがなければ飼うことは難しい。そうなると引き取り手は動物園などの大型施設に限られてしまうだろう。動物園のスペースも限られているし、わざわざこのアミメニシキヘビのためにスペースを作ってくれるはずもない。

「じゃあ、最悪、殺処分もあり得るってことですか」

飼うことができなければ、蛇の命を絶つことも考えなければならない。でも、できればそれは避けたかった。

「まあ、それはそうなったときに考えましょう。じゃあ、最後はこのアミメニシキヘビだけね」

冷蔵庫を開けると、食用マウスのよりも一回り大きい容器を取り出した。蓋を開けると、冷凍された中型のウサギが出てきた。

「へー、やっぱり餌も大きいんですね」

「そうよ。でも一回あげれば二週間は何もあげなくていいの」

「そうなんですか。それは楽ですね」

「そうだ、鍵を取ってこなきゃ」

この蛇の鍵はリビングにある。

「どうして、この蛇の鍵は別の場所にあるんですか?」

これだけの数のケージを開け閉めしていると、鍵を掛けたかどうかも分からなくなる。特にアミメニシキヘビに関しては気を遣っていたから、事故がないようにあえて手間をかけ、かけ忘れを防止していると聞いたことがあった。

「そんなに気を遣ってたのに閉め忘れるなんて、不運としか言えないですね」

「田中はどう思う？　叔父は鍵を閉め忘れたのかな」

「まぁ……何とも言えないですね。確かに会長は頭のいい人でしたが、人間なんで失敗はあると思いますけど」

やっぱり誰も確信的なことを言わない。というよりは、軽はずみなことは言えないのだろう。

鍵をそっと開けて、トングを使って中にウサギを入れた。だが、当のアミメニシキヘビはピクリとも反応を示さない。お腹が空いたら食べるだろう。

「一応、終わったわね」

「じゃあ、帰りましょうか。もうこんな時間ですよ」

時刻は午前零時になっていた。正直、この家で一晩泊まりたい気分になっている。右足のアキレス腱が痛くてたまらないからだ。もう、体力的には限界に達していた。でも、まだ帰ることはできない。

「えっ、まだって、あとは何をするんですか」

田中は絶句した。

「餌を食べない蛇がいるから、その餌を回収しなきゃ。その間に、小切手の出所を調べたいの。叔父の部屋に何か手がかりがあると思うから」

「そうですか……分かりました」

もう、何も反論できないと悟ったのか、田中は素直に従った。叔父の部屋に入ると、机の上にあるパソコンの電源を入れた。まずは、データーがないか調べることにした。

「あなたは、この中を探してくれる」

机の右下の引き出しの中に、毎月来る請求書や納品書などのファイルが入っている。もしかしたら、何か手掛かりになるものが見つかるかもしれない。

「でも、これって鍵がかかってますよ」

「確か、鍵があるはずよ」

机の隣にあるキャビネットの上に、備前焼の猫の置物がある。胴体が空洞になっていて、上部を持ち上げると鍵があるはずだ。

「ほら、あった」

鍵を取り出し鍵を開けると、青色のファイルを取り出した。一冊の中には請求書や納品書などの資料が入っている。三年前からのファイル三冊を田中に差し出した。三冊とも年度と表題がテプラで表記されている。

「何でもいいから、何か気になるものがあったら教えて」

「分かりました」

田中はあくびをかみ殺しながら、そのファイルを受け取った。私もさっきから睡魔が何度も襲ってきていた。本当なら私だって明日に持ち越したい。だけど、明日は明日で、山のような仕事が私を待ち構えている。少しでも時間を短縮させるためには、今調べておく必要があった。

「えーっと、どこから調べようかな」

　パソコンを立ち上げたが、何を調べたらいいか戸惑った。とりあえずデスクトップにあるフォルダを片っ端から開いてみることにした。だが、開けども開けどもホタル旅館の売上に関するものばかりで、一億円の証拠になるようなものは出てこなかった。メールの中身も、私からのメールと、得意先からの仕事のメールばかりだった。

「こっちは見積書とか領収書とか、旅館に関する支払いばかりですね」

　田中もファイルの中を丁寧に探してくれたが、何も出てこなかったようだ。

「そう。じゃあ、次は本棚ね」

　本棚には五段ほどの棚があり、経済関係の本がずらりと並んでいた。本に挟んだメモとかでもいいから、何か手がかりが欲しかった。適当に本を手に取ると、パラパラとめくり始めた。すると、田中が核心を突くことを私に告げた。

「すみません、ちょっと根本的なことを聞いてもいいですか？　一億円の使用先を特定することに、何の意味があるんでしょうか？」

「それはどういう意味？」

「会長がどこかに一億円を使おうとしていたとしても、社長には関係ないことですよね。だって、会長は亡くなってるんですから」

　それは正論だった。未使用の小切手が手元にある以上、私への遺産になるのだから。

「そんなの分かってるわ。でも、もしその一億円で何か事業を起こしたいと思っていたとしたら、代わりにそれを実現してあげたいのよ」

田中は私の考えに賛同すると思っていた。だが、予想とは反対に渋い顔を見せた。

「怒られるの承知で言いますけど、そんな余裕があるんですか。今は、ご自分のことを一番に考えた方がいいんじゃないですか」

「それはそうだけど……」

叔父がやり残したことは、現在の経営に直接関係ないことかもしれない。それより、今のホテルを立て直すことの方が大切なことぐらい、十分すぎるほど分かっている。叔父には社長としてのノウハウを教わり、時には叱咤激励をされながらも福島グループの社長に就任することができた。それは叔父がいなければ成り立たなかったと断言できる。だから、恩返しという意味を込めて、叔父がやり残したことを実現してあげたかった。

「お願い、もう少しだけ付き合って。それで何も出てこなきゃ、諦めるから」

納得のいくまで探してから終わりたい。田中は観念したのか、それ以降は黙々と作業を続けてくれた。でも結局、手がかりになるようなものは何も見つからなかった。

「もういいわ、ありがとう」

一億円のことは諦めることにしよう。これ以上、周りの人に迷惑をかけるわけにいかない。田中の言うように、今の会社の現状を考えるのが先決なのだ。

窓際に近づき窓を開けた。外は漆黒の闇が庭を包み込んでいた。

「うわぁ、気持ちがいい」

外の空気が一気に眠気を覚ましてくれた。視線を下に向けると、猫の餌皿が目に留まった。皿の餌は、何も手が付けられていなかった。マリアは、まだ一度も自宅に帰らず、どこかをさまよっているようだ。

「あいつ、何やってんのよ」

「猫のことですか？　まだ帰ってきてないんですね」

「そうなの。外が好きで困っちゃうわ」

周りを見渡すと、深夜の庭には暗がりが広がっていた。静まりかえった空間が、恐怖を与えている。暗闇から何かが飛び出してきそうで、背中がゾクゾクと身震いした。

「さあ、じゃあ、帰る前にちょっとコーヒーでも飲みましょう。もう、喉が限界だわ」

私は左手で喉を触りながら窓を閉めた。空気が乾燥しているのだろう、喉が水分を欲していた。部屋を出てリビングに行くと、やかんに水を入れて火にかけた。

「これ、懐かしいですね」

田中は腕を組みながら、壁に掛けられたニーチェの格言を見つめていた。そこには色紙に筆で『脱皮できない蛇は滅びる』と書かれてあった。脱皮することを変化することにたとえて、変化しなければ成長はしないという意味だ。オーシャンホテルに入社した日の夜に、叔父が食事をしながらこの話をしてくれた。今思えば、早くからこの精神を私にたたき込みたかったのだろう。その当時はただ受け流していただけの言葉も、変化を恐れず走り続ける難しさに直面しているからだろうか、今になってようやくこの意味が身に染みている。

「会長はこの言葉が好きでしたね。こう言われて、身につまされました。私は、どっちかというと、変化することに怖さを感じるタイプなんで、これを見ると、自分の人生と重ね合わせてしまうんですよね」

田中は四十過ぎに初めての結婚をした。相手はバツイチで子持ちだったので、周囲に反対された。調和を大事にする彼は、決心することが出来ずにいた。そこで、この格言に出会い、結婚することを決めたという。蛇のように定期的に脱皮する機会が人間にもあれば、こんなに苦しまなくてもいいのかもしれない。感情が伴わなかったとしても、仕方がないからと諦められるからだ。

「だから、決断力がある会長が本当に羨ましいなぁと思ってました」

「決断力ねぇ……決断力がありすぎて、反感も買ってたからね。特に言い方がキツかったから、部下によく思われてないってことは自覚してたみたいだし」

「まあ、上に立つ人間は何をやっても批判されますから。人のやっかみを気にしてたらやってられないですよ」

菊池たち幹部の連中は、私のことを酒の肴にして飲み会を開いているだろう。私のことを役立たずとかボロクソ言っているはずだ。それも、いちいち気にしてたら身が持たない。私のやるべきことをやるしかないのだ。

「さあ、できたわ」

インスタントコーヒーをカップに入れ、お湯を注いだ。カラカラだった喉が水分を吸収して潤った。

「この一杯で、一気に目が覚めましたよ。これで居眠り運転しなくてすみますね」

眠気が覚めた田中は、途端に元気を取り戻したようだ。

「よかったわ。じゃあ、もうひと仕事してから帰りましょう」

コーヒーを飲み終わり、再び蛇の部屋へと向かった。ケージを見ると、餌を食べてる蛇がほとんどだったが、中には手を付けない蛇もいた。残りの食用マウスを回収し終わり、最後にアミメニシキヘビの檻へと近づいた。

「食べてないわね」

アミメニシキヘビは食用ウサギには手を付けず、相変わらずとぐろを巻いて寝ていた。檻を開け、餌を回収しようとトングを中に入れたその時、あるものに目が留まった。

「……あれ？」

「どうかしましたか」

田中が不安そうな顔で聞き返してきた。そうか。この蛇に感じていた違和感が何であるかが、ようやく分かったのだ。

「ここ見て。皮が体に付いてるわ。脱皮不全よ」

さっきは餌やりに集中してたので気付かなかったが、よく見ると体のあちこちに皮がひっついていた。

「脱皮不全？　何ですかそれは」

　田中が顔をしかめながら言った。

「脱皮がうまくいかなくて、皮が体に残ってしまうことよ」

　蛇は脱皮を繰り返して大きくなる。通常であれば、頭の先から尻尾まで綺麗に皮が剝がれる。でも栄養が足りなかったりすると、皮が剝がれずに残ってしまうことがある。

「病気なんですか」

「そうとも限らない、と思う。ちょっと待ってて」

　私はリビングを出て書斎に行くと、本棚にある蛇の本を持って戻った。そして『脱皮不全』というページを探した。

「えーっと……あった。えっと、病気だけが原因じゃなくて、強いストレスがかかるとそうなるみたいね。それに、皮膚が乾燥しすぎるのも要因らしいわ」

「じゃあ、環境のせいってことですか」

　湿度計を見ると、三十パーセントとまずまずの湿度だ。病気だとしたら医者に診てもらわないといけないが、今の段階ではそうとは言い切れない。餌を食べないのは少し心配だったが叔父がいなくなった今、すぐには結論づけることはできなかった。

「まあ、また来る時まで様子を見ましょう。それじゃあ、帰りましょうか」

　田中はようやく解放されると感じたのか、安堵の表情を浮かべていた。

　叔父の家を出て、マンションに到着した時には午前二時を回っていた。

「今日はこき使ってごめんなさいね」

「いえ、仕事ですから。それじゃあ、明日は午後出社ということでよろしいですか」

「いいわ。お疲れ様」

車を降りて目の前のマンションへと歩いていく。横浜の石川町の一角にあるタワーマンションの入り口は、昼夜問わず明るい光で居住者を迎えてくれた。エレベーターに乗ると、四十階のボタンを押した。自分の部屋に着くなり、ベッドに直行した。フカフカした掛布団が、疲れた体を癒やしてくれるようだ。

「イタタタァ……」

長時間足腰を酷使したせいで、足の節々が痛かった。朝から葬儀の準備をし、葬儀中も気を張り続けた。その後、叔父の自宅に行って家の中を歩き回ったのだ。こんなに体を動かしたのなんて、学生時代以来かもしれない。

「あっ、早苗さんからだ」

携帯を見ると、早苗さんから連絡がきていた。着信は、昨日の午後九時過ぎにあった。ちょうど、車で叔父の自宅に向かっている頃だ。携帯をバイブにしたまま鞄の中に入れていたので気がつかなかった。

そう言えば、早苗さんは叔父の葬儀に顔を出さなかった。彼女は家政婦協会から派遣されている立場なので、葬儀に来る必要はないのかもしれない。でも、姿を現さなかったことに寂しさは感じていた。ビジネスだけの関係だと言っても、一年間叔父の側で働いてくれたのだから。でも、もしかしてこの電話の内容が、葬儀に出られないことを伝えるものだったのかもしれない。

早苗さんとは、叔父と彼女の娘さんと一緒に食事をしたことがあった。彼女はシングルマザーで中学生の女の子の母親でもあり、なおかつ実母の介護もこなしている。早苗さんの実母は、五十代にして脳梗塞で倒れ、数年前から寝たきり状態になっている。自宅で介護をし、中学生の娘を育てるには当然、家政婦の仕事だけでは生活できるはずがない。家政婦の他に二つの仕事を掛け持ちしている。日々の生活は相当厳しいことが想像に難くない。そんな彼女の生活状況を考えると、葬儀に来られなくても仕方がないことかもしれない。

私たちは、ただの雇い主と家政婦という関係にすぎない。早苗さんはこの先、別の家で家政婦として働くのだろう。そうなれば、私たちはもう無関係になる。それが世の中の仕組みなのだ。

気分を変えて亮介にメールを打とうと思った。だが、眠気の方に勝てずにそれより早くまぶたが落ちていった。

六

「梅田早苗って、確かあの家政婦のことですよね」

　書類を書き終わったばかりの俺に、八島が尋ねてきた。警察署の中の刑事課は、二階の中央に存在する。午後六時という時間帯は、ここにいる多くの者は書類の作成に追われている。パソコンを覗き込みながら、キーボードをたたく音があちこちから聞こえている。

「何だよ、急に。それがどうした」

「下の受付で話してる女の子、家政婦の娘らしいですよ」

　思わず八島の顔を見上げた。俺らに対して散々文句を言っていたあの家政婦の娘が、わざわざ警察にまで来て何の用なんだろうか。まさか、母親に代わってまた文句を言いに来たのか。

「さっき、通りかかったときに耳に入ってきたんです。『鎌倉の福島邸で働いてる』とか、『その主人が死んだ』とか言ってたんで、たぶん彼女だと思うんですけど」

「娘が何の用なんだ」

「あの家政婦、家出したらしいですよ」

「本当かよ」

福島誠が亡くなってから三日が経とうとしていた。

「そうらしいですよ。昨日の夕方から家に帰ってこないって、娘が泣きながら訴えてましたよ。何でですかね、男でもできて逃げたんですかね」

容姿端麗で家政婦にしておくのは勿体ない美貌だったのは確かだ。付き合っていた男性はいたかもしれない。でも、どうして今家出をしなければいけないのだろう。このあいだは、福島誠が亡くなったことを本気で悲しんでいたのに、それから数日も経たないうちに家出するとは。家を出なければならないよほどの理由があったのだろうか。

「人が家出する理由って、知られたくないことがあるからだよな」

「まあ、そうでしょうね。自分に不利になることが発覚しそうになれば、逃げたくなるでしょうね……先輩、何考えてるんですか？」

八島はいぶかしげに俺の顔を見つめている。

「話、聞いてみるか」

「まあ、そんなことだろうとは思いましたよ。それなら、行きましょう」

俺たちは階段を駆け下り、一階の受付に向かった。受付で対応していた女性警官が、ホッとしたような表情を浮かべていた。梅田早苗の娘は、警察官に頭を下げて立ち去ろうとしていた。

「ちょっと、待って」

呼び止めると、紺色の学生服を着た女性が振り向いた。泣きはらしたのか、両目は真っ赤に充血していた。

「君、梅田早苗さんの娘さんだよね」

「……はい」

「お母さんは、いつから行方不明なの？」

「今日、朝起きたらお母さんがいなくて。母は深夜に工場で働いてるんですけど、私が起きる時間には、台所で朝食を作ってるんです。それで工場に電話しようと思って電話したら……あの、お母さん、コンビニのお弁当を作る会社で働いてるんですすけど、電話したら、今日は来てないって言われて、逆に無断欠勤してるって言われて、こっちが怒られました。でも、お母さんはそんなことする人じゃないんです。信じてください」

娘は興奮しながら、私たちに訴えた。顔を真っ赤にして怒る姿は、母親にそっくりだった。

「どうして、警察って真剣に聞いてくれないいんですか、こっちの話」

警察が素っ気ないのは、仕方のないことだ。年間の行方不明者は一万人以上、去年は全国で七万人近くいた。しかもその数は一向に減ることなく、むしろ増え続けている傾向にある。家出する事情は人それぞれだが、その多くは数日後に発見されるケースがほとんどだ。学生だったら学校に行きたくないとか、親と喧嘩したからとか、社会人だったら人間関係で嫌気がさしたなど日常生活に関してのことが大半を占める。そして、大半の人がほとぼりが冷めれば自宅に戻っていく。だから、警察は淡々と事務処理をすることが多く、それが逆に冷たい態度だと受け取られてしまうことは少なくない。

「ちょっと、詳しく聞かせてもらえるかな」

少女を落ち着かせるために、誰もいない部屋に連れて行った。そこは、二畳ほどの狭い空間に小さな机とパイプ椅子が二脚置かれている。いつも簡単な話を聞く時に使用する小部屋だ。

「おい、ちょっと、これで飲み物を買ってきてくれ」

八島にコインを手渡した。娘は落ち着かない様子で、キョロキョロと部屋を見回している。

「さあ、そこに座って」

娘を椅子に座らせると、その前に俺も座った。名前を聞くと、梅田香織と名乗り年齢は十三歳と答えた。都内の公立中学に通っていて、母親と祖母と三人で大船のアパートで暮らしているという。

「これしかなかったんですけど」

八島がペットボトルのお茶を持って入ってきた。

「さあ、これでも飲んで。たくさん話したから、喉が渇いただろ」

「……ありがとうございます」

娘はボトルの蓋を取ると、一気に半分ぐらいまで飲み干した。ポニーテールが乱れてい

郵便はがき

料金受取人払郵便

新宿局承認

1408

差出有効期間
2021年6月
30日まで
(切手不要)

160-8791

141

東京都新宿区新宿1－10－1

(株)文芸社

愛読者カード係 行

<table>
<tr><td>ふりがな
お名前</td><td colspan="3"></td><td>明治 大正
昭和 平成　年生　歳</td></tr>
<tr><td>ふりがな
ご住所</td><td colspan="3">□□□-□□□□</td><td>性別
男・女</td></tr>
<tr><td>お電話
番　号</td><td>(書籍ご注文の際に必要です)</td><td>ご職業</td><td colspan="2"></td></tr>
<tr><td>E-mail</td><td colspan="4"></td></tr>
<tr><td colspan="3">ご購読雑誌(複数可)</td><td colspan="2">ご購読新聞
新聞</td></tr>
<tr><td colspan="5">最近読んでおもしろかった本や今後、とりあげてほしいテーマをお教えください。</td></tr>
<tr><td colspan="5">ご自分の研究成果や経験、お考え等を出版してみたいというお気持ちはありますか。
ある　ない　内容・テーマ(　)</td></tr>
<tr><td colspan="5">現在完成した作品をお持ちですか。
ある　ない　ジャンル・原稿量(　)</td></tr>
</table>

書　名				
お買上書　店	都道府県	市区郡	書店名	書店
			ご購入日	年　　月　　日

本書をどこでお知りになりましたか?

1.書店店頭　2.知人にすすめられて　3.インターネット(サイト名　　　　　)

4.DMハガキ　5.広告、記事を見て(新聞、雑誌名　　　　　)

上の質問に関連して、ご購入の決め手となったのは?

1.タイトル　2.著者　3.内容　4.カバーデザイン　5.帯

その他ご自由にお書きください。

(　　　　　　　　　　)

本書についてのご意見、ご感想をお聞かせください。

①内容について

②カバー、タイトル、帯について

弊社Webサイトからもご意見、ご感想をお寄せいただけます。

ご協力ありがとうございました。

※お寄せいただいたご意見、ご感想は新聞広告等で匿名にて使わせていただくことがあります。

※お客様の個人情報は、小社からの連絡のみに使用します。社外に提供することは一切ありません。

■書籍のご注文は、お近くの書店または、ブックサービス(0120-29-9625)、セブンネットショッピング(http://7net.omni7.jp/)にお申し込み下さい。

るところをみると、なりふり構わずにここに来たらしい。

「お母さんが家出した理由に心当たりはあるのかな」

「いえ、まったくないです。誰かとトラブルになったたっていう話も聞かないし、貧乏ですけど何とかやりくりして生活できてましたから。それに、付き合っている男性もいませんでした。お母さんは働くことで手一杯でしたんで」

こっちが話を振る前に全て話してくれた。トラブルを起こしたわけでもなく、一緒に逃げる男がいたわけでもない。ただ、それは娘の主張であって、彼女の知らないところで母親は何かトラブルを抱えた可能性もなくはない。

「福島さんが亡くなったことは知ってるかな」

「はい。お母さんは、とっても悲しんでました。私も何回か一緒に食事をして、おじさんに可愛がってもらってましたから、とってもショックでした……でも、お母さんは変なことを言ってたんです」

「変なこと？」

「おじさんは殺されたんじゃないかって、私に言ってたんです」

俺は八島と顔を見合わせた。

「殺されたって、誰にかな。詳しく教えて」

「名前とかは教えてくれませんでした。でも、殺された可能性は否定できないって言ってきかないんです。でも、誰も信用してくれないんで自分で探すと言ってました」

梅田早苗は、警察の捜査とは別に自分で手がかりを探していたのだろうか。

「私、お母さんにひどいこと言っちゃって。おじさんは蛇に噛まれたんだから、考えすぎじゃないって笑って言い返しちゃったんです。そしたら、お母さん悲しそうな顔で『あなたも信じてくれないのね』って……」

娘はうつむくと、シクシクと泣き始めた。今の話を整理するために、俺たちは一度部屋を出た。

「まったく。次から次へと、もういい加減にしてほしいですね」

八島は髪を右手で何度も掻いた。イライラすると、彼はいつもこうなる。もう少しで片付きそうな仕事を、また振り出しに戻されそうになっていることに怒りを隠せないようだ。

「今回の件が殺人だなんて信じられませんよ。第一、証拠がないじゃないですか」

八島の言う通りだった。殺人だと決定づけるには、証拠がなさすぎる。

「先輩はどうなんですか。あの子の言葉を信じるんですか」

「俺か？　俺は……あっ」

その時、福島ちづるが玄関扉から入ってくるのが目に飛び込んできた。俺たちの存在に気づくと、足早に近づいてきた。

「あの、香織ちゃん……梅田香織ちゃんがこちらに来てますか」

よほど急いできたらしく、しゃべっている声もほとんど聞き取れなかった。肩を上下に大きく揺らし、荒い呼吸を繰り返していた。

「いますよ。でも、どうしてあなたがここに？」

「香織ちゃんからお母さんがいなくなって、警察に行くって連絡があったんです」

「そうみたいですね。このことについて、何か心当たりはありますか」

「いいえ、まったく。早苗さんは家族思いだったし、いなくなる理由が思いつきませんけど」

彼女も梅田早苗の家出が信じられないようだった。

「それとこれは、彼女が話してたことらしいんですが……」

娘と交わした会話の内容を説明した。すると、

「えっ、叔父が殺されただなんて、早苗さんがそんなこと言ってたんですか？」

「あなたも、今回の件について疑問を持っていましたよね。福島氏が鍵をかけ忘れるわけがないと。今も、そうお思いですか？」

福島ちづるは複雑そうな顔をしたまま、黙り込んでしまった。一向に話し出す気配がないので、俺の脳裏に浮かんだある仮説を話すことにした。

「じゃあ、ここで私が思いついたある仮説を聞いてもらえますか」

福島ちづるは、ゆっくりと首を縦に動かした。

「仮にですよ、仮に今回の件が他殺だったとすると、犯人は蛇を利用して事故に見せかけたことになります。犯人は、福島氏の自宅を熟知していた人物です。でなければ、蛇を凶

器に使うなどという発想は出てこないでしょうから。それは福島氏の行動も把握できて、福島氏がいない時を見計らって、蛇の檻の鍵を外しておくことも可能な人物しか考えられないですよね」

「何がおっしゃりたいんですか……」

福島ちづるは、俺を睨みつけている。俺の言いたいことが分かっているようだ。

「私たちが鑑識をしたあとに、もう一度福島さんのご自宅には行かれましたか？」

「……昨日、行きました」

「何かなくなった物とかなかったですか。例えば、財布とか通帳とか」

「それは……それは、そこまでは調べてないです」

「今のところ、福島氏の行動を熟知している人物は、梅田早苗さんしかいないですよね。彼女だったら、檻の鍵を開けることは簡単にできるはずです」

「……」

福島ちづるは言葉に詰まってしまった。それにいつの間にか、俺たちではなく地面を睨みつけていた。それは、的を射ているからだろう。だから、反論できないのだ。

「ひどい」

その時、頭の後ろから声が聞こえた。振り向くと、梅田香織がドアを開けて廊下に出てきていた。

「お母さんは犯人じゃありません。絶対に違います！」

俺に向かって睨みながらそう言うと、今度は同じように福島ちづるにこう言い放った。

「お姉さん。どうして反論してくれないの？」

娘は、涙を流していた。悔しさで、口はへの字に曲がっている。

「違うの、香織ちゃん」

「何が違うのよ！　図星だから何も言えないんでしょ！　お姉さんは信じられる人だって思ってたのに……もう誰も信じないんだから！」

梅田香織は、俺たちの前を素早く通り過ぎると、出口に向かって走っていった。

「ちょっと、待って！　香織ちゃん！」

福島ちづるは娘を追おうとしたが途中で足を止めた。聞く耳を持たない相手に、何を言っても無駄だろう。俺でも分かる答えを知っているから追いかけられないのだ。

「……刑事さん、早苗さんが犯人なんでしょうか？」

「いえ、これはあくまでも可能性を言ったまでです。私の方こそ早まってしまったかもしれません。すみませんでした」

俺は彼女に向かって頭を下げた。証拠もないのに梅田早苗を犯人だと決めつける言い方をしてしまったのは、早計過ぎた。

「梅田さんは玄関の鍵を持っていたし、福島さんの目を盗んで蛇の部屋に入ることは可能です。というより、彼女しかできないのは事実です」

つまり、梅田早苗が屋敷から帰宅するときに、蛇の部屋に入って鍵を開ければ犯行は可能だ。その事実を直視しているのか、福島ちづるも顔から血の気が引いている。

「あのー、刑事さん。お願いがあります」

呆然と立ち尽くしていた彼女が、突然口を開いた。

「何でしょう?」

「……いえ、何でもありません。失礼します」

福島ちづるは頭を下げて、出口へと歩いていった。何かを言いかけていたが、大体見当がつく。もう一度捜査をしてくれと言いたかったんじゃないだろうか。でも、そうなると梅田早苗が犯人だと断定したことになる。そうなった場合の、娘への影響を考えているのではないだろうか。複雑な感情が一瞬にして押し寄せ、一瞬にして彼女の口を封じたのかもしれない。

「どんだけイチャモン付けられなきゃいけないんですかねぇ……ねえ、先輩」

八島は感傷的にならず、常に現実に目を向けている。彼のこんなところが羨ましく思う。

「さぁ、仕事に戻るぞ」

八島の肩をポンと叩いた。話を逸らせた俺の顔に鋭い視線を向けたが、俺は無視した。自分の胸の中で疑念が浮かんでは消え、消えては浮かぶ。このまま事故として処理をしてもいいのかという葛藤が、どうしても消えなくなっていた。それでも現実は真逆の方へと進んでいた。

七

マンションに戻ると、ソファに崩れ落ちるように座った。そして仰向けになると、天井を見つめた。そこには白の下地に黒い線で、三角と四角の幾何学模様が幾重にも連なったデザインが描かれていた。疲れた時にボーッとしながら模様を見つめていると、心がきちんと整理していくのだ。三角、四角、三角、四角、三角……と目で追っても、今日はどうしても心が定まらないでいる。

それにしても、早苗さんは一体どこに行ってしまったのだろう。このタイミングでいなくなる意図がまったく理解できない。一番腑に落ちないのは、香織ちゃんたちを置いて失踪するってことだ。手塩にかけた娘と実母を置いて出ていくなんて信じられなかった。でも、現実に早苗さんは姿を消してしまった。

私は早苗さんを尊敬していた。シングルマザーという逆境にもめげず、家庭を必死に守っている姿に感銘を受けていた。だから今は、裏切られた気分だった。早苗さんに幻滅したからだろうか。神崎刑事から早苗さんが犯人ではないかと言われた時、反論できなかった。それには理由があった。叔父の自宅に行き書斎の中を物色した時のことだ。叔父の預金通帳がどこにも見当たらなかったのに気づいていたからだ。叔父の家には金庫はなく、金融関係のものなどは鍵のついた引き出しに入っていた。通帳を管理しているのは叔父本人と佐伯さんだけだ。もし、この中に早苗さんも含まれているとしても、なんら不思議ではない。神崎刑事に問いかけられたとき、そのことが頭の中を駆け巡った。でも、それは単なる疑惑でしかない。その疑惑をどうしても晴らしたかった。

気だるい体を起こし携帯を手に取ると、佐伯さんの番号を表示した。佐伯さんはすぐに電話に出てくれた。

「ちづるさん、どうかされましたか?」

「すみませんこんな急に電話してしまって。確か、佐伯さんが叔父名義の通帳を管理してましたよね」

「はい。その通りです。月末に、会長から通帳を預かって売上の確認と費用の支払いをしていました」

「その通帳は、叔父に返してたんですよね?」

「はい。支払いが終わったら社長の自宅に伺って、その場で確認してもらってました」

通帳には差し引きの差額が必ず明記されるので、帳簿代わりに利用していた。

「じゃあ、通帳は佐伯さんが持ってるんですか?」

「はい、あります。本当なら明日、伺う予定だったんです」

よかった、ホッとした。佐伯さんが所持していたとしたら、早苗さんを疑う材料は少なくなる。

「でも、個人の通帳はこの間お返ししたばかりですけど」

「えっ、個人の？」

「はい。経費専用のと個人的な通帳の二種類を使い分けてたんです。例の一億円は、会長の個人的通帳から用意したものです」

「えっ、そうなんですか」

てっきり一億円の出どころは、会社の通帳からだと思っていた。だから、叔父の自宅を探しても何も見つからないはずだ。

「えっと、すみません。何か不審な点でもありましたか」

「そんなんじゃないんです。また何かあったら電話させてもらいます」

そう言って電話を切ると、再びソファに寝転がった。確か、二つの通帳は同じ場所で保管されていたはずだ。だとしたらやはり、通帳は叔父の家にないとおかしい。再び悪い予感が胸をよぎった。早苗さんが持ち逃げしたということも考えられなくはない。通帳にどのくらいの残高があったか定かではないが、億単位の金額だろう。恐らく、印鑑も見つからなければその可能性は高くなる。

「かわいそうに……」

仮に想像していた通りだとした場合、気になるのは香織ちゃんの今後だ。この先、寝たきりの祖母と二人で生活していかなくてはならない。香織ちゃんはまだ中学生で、一番大切な時期なのに。

我を忘れて物思いにふけっていると、胸の上に何かが乗っていることに気が付いた。飼い猫のサブリナだ。

「どうしたのぉ、サブリナ」

サブリナはアビシニアンの雌猫で、飼い始めて七年になる。茶色と白と黒の混ざった毛並みが特徴的な猫だ。

「何、甘えてるのぉ」

前足を交互に動かして私の胸をマッサージしている。喉をゴロゴロと鳴らしているのは、リラックスしている証拠だ。目をトロンとさせ、甘えたしぐさが可愛くてたまらない。私はサブリナの喉を何度もさすりゴロゴロと音をさせた。目を細めて気持ちよさそうな顔のサブリナを見ていると、今日あった嫌なことが猫の毛とともにどこかに飛んでいくように思える。こうやって動物に寄り添うだけで全てが癒やされていく。人間によってできた心の傷を、動物によって癒していく。亮介を好きになった理由もそこにある。彼は動物園の園長として動物たちに愛情を注いでいる。動物たちを愛してやまない気持ちに共感するし、そんな彼を応援したいとも思う。

亮介の名前を思い出したとたん、昼間の出来事を思い出し顔が紅潮していった。実は昼間に木田動物園に行った。深夜に叔父の自宅から戻って三時間ぐらいしか寝られなかった。出勤時間の午前七時が近づいても、体がダルくて重かった。具合が悪いというわけではなく、ただ仕事をしたくなかった。

「仕方がないですね」

電話をして休みたいと田中に直談判したところ、珍しくあっさりと許可してくれた。

「悪いわね」

「あとのことは、こっちでうまく言っておきますから。心配しないで休んでください」

田中との会話をしたことで安心し、二度寝して再び目覚めたのは正午だった。このままベッドで一日を過ごそうか部屋にいようと思ったとたん、今度は外出したくなってきた。一日を部屋の中で過ごすことがもったいなく思えてきた。

窓に近づき外を見つめると、目の端に木田動物園が目に留まった。そう、ここから亮介が働いている動物園が見えるのだ。ビルが立ち並ぶ通りを抜けると、木々に囲まれるように動物園の空間が広がっている。

動物園は、ここから車で約十分ほどの距離にある。距離的には近いのだが、車で行くとなると道が入り組んでいたり、駐車場が遠かったりしてかなりめんどくさい。この地に長いこと住んでいる私でも、足を運んだのは数えるほどしかない。

「よし、決めた。行こう」

バターを塗った食パンとコーヒーというシンプルな食事をとると、身支度を調えてから動物園へと向かった。平日ということもあって、園内は人がほとんどいなかった。入ってすぐに目に入ったのが、ライオンがいる檻だった。ライオンは木陰で眠ってはいるのだが、耳をびくびくと動かしながら周りを警戒していた。さらに歩いていくと、ニホンジカやフクロウなどの動物たちが出迎えてくれた。

「やっぱり、いいな」

ここにいると動物たちが私を癒してくれる。一日中、この空間に浸っていられる自信がある。

しばらく歩くと中心部分と思われる広場についた。そこには小さい噴水があるが、水は止められていた。節電のためだろうか。

「あれ？　今、どこを歩いてるんだ」

やみくもに歩いていたら、自分のいる場所を見失ってしまった。敷地はそんなに広くはないが、檻がどれも同じに見えてすぐに同じ場所に戻ってしまう。キョロキョロと周りを見回しながら歩いていると、三十メートルほど先に白い建物が現れた。玄関前にアニメチックに描かれた蛇のパネルが置かれているところを見ると、どうやらこの場所はカメやトカゲなどの爬虫類などがいる施設のようだ。

「この中も見ておくか」

建物の中へと向かおうと、一歩右足を前に出した。

「……あれ？　亮介？」

同じタイミングで、亮介が中に入っていくのが見えた。私のことは気づいていないようだ。

「亮介」

大きな声で叫んだつもりだったが、それを無視するように建物の中に消えてしまった。彼の後を追いかけて中に入ろうかと思った。けど、仕事の邪魔はしたくなかった。出てくるのを待とうと決めた。

携帯を取り出し、メールをチェックした。やはり、仕事関連のメールが何通も送られてきていた。丁度三つ目のメールの返事を返したところで、亮介は建物から出てきた。

「亮介」

亮介の足が止まり、私の方を振り向いた。

「えっ、何、どうしたの」

彼は驚いた表情で立ち止まったが、すぐに私の方へと近づいてきた。

「急に会いたくなったの、亮介に。迷惑だった？」

「そんなことないけどさ。ちょっとびっくりした」

「何度もメールしたんだけど、忙しかったみたいね」

「えっ、あぁ、うん。ちょっと、このところ出産ラッシュでさ。次々に赤ちゃんが生まれるもんだから、全く手が離せなくてさ」

五月は動物たちが出産する時期で、毎年のように繁忙期になるという話は聞いていた。でも、直接彼と話をしたことでモヤモヤした気持ちはどこかに吹っ飛んでいた。

「昨日、葬式だったんだろ。大変だったな」

「そうなの。それに叔父さんの自宅に行ったりして、大変だったの」

「叔父さんの家って、どこにあるの？」

「鎌倉よ」

タイミングよく、亮介の方から叔父の話を振ってくれた。蛇のことを話してみるチャンスだと思った。

「ちょっと、相談があるんだけど」

「何かな」

「叔父は蛇を飼ってたの」

「へー、そうなんだ」

亮介の顔の表情は変わらなかった。恐らく、アオダイショウとかの日本の蛇とか一匹というレベルで想像しているのだろう。私は、叔父の蛇の数と種類について話をした。

「叔父の飼ってる蛇は珍しいものばかりなの。インドネシアとかマレーシアとかメキシコとかから仕入れてるの。コーンスネークとかパイソンとか聞いたことあるでしょ。餌をきちんとあげてるから健康状態もいいし、きっと長生きすると思うわ」

「えっ、ちょっと待って」

亮介は慌てた様子で、私の話を遮った。

「引き取るって、うちの動物園にか？　それは無理だな。うちにはそんなスペースがないよ」

亮介が引き取ってくれると期待していた自分がいた。だから、正直のところがっかりした。珍しい蛇に興味を示してくれるのではないかと淡い期待を抱いていたから。

「そうよね、急には難しいわよね。ごめんなさい、あなたの状況も考えないで勝手なこと言って」

「いや、いいんだ……でも、君って蛇に詳しいんだね。もしかして触れたりするのかい」

ここは隠さずに話してみようと思った。

「まあ、そうね。触れるし、餌もあげられるわ」

「えっ、そうなんだ……へー、意外だな」

亮介の声のトーンが下がっていく。明らかに戸惑っているのが分かる。自分の彼女が蛇を扱えることがショックだったのだろうか。

「ごめんなさい、軽蔑した？」

「何でだよ、そんなわけないだろ」

「ホントに？」

「いやぁ、ちょっとびっくりしただけだよ。君が蛇に詳しいだなんて、想像もしてなかったからさ。実を言うと、僕は蛇を扱うことができないんだ」

「えっ、そうなの」

飼育員はどの動物も扱えるのだと思っていたから、意外だった。

「専門の職員にまかせてるからね。だから、ちょっと嫉妬した」

いた。


「えっ?」

「僕の知らない蛇の名前をスラスラ言えるなんてさ、園長の立場がないよ」

「いやだ、そんなつもりじゃなかったの。本当にごめんなさい」

　頭を下げ謝った。すぐに耳元で笑い声が起きた。顔を上げると、笑顔の亮介が目の前にいた。

「そんなに謝らないでくれよ。僕にだって苦手な動物ぐらいいるさ。特に、爬虫類系はあまり得意じゃないんだよ」

　そして亮介はうつむくと、そのまま黙り込んでしまった。やはり、私に幻滅したのだろうか。亮介は動物の知識を豊富に持ち、その知識を私に楽しく披露してくれた。特に菊池をゴリラに喩える話は秀逸だった。ユーモアを交えながら、凝りに凝った私の心をほぐしてくれる。亮介はもう、私にとって必要不可欠な人になりつつある。

　私たちを包んでいる沈黙を切り裂くように、亮介の頭がスッと上がった。

「じゃあ、今度はこっちの話を聞いてくれるかな」

「いいわよ」

　気が変わって蛇を引き取ることを了承してくれるのだろうか。それだったら、とっても嬉しい。

「結婚しよう」

「うん……えっ?」

いつもの癖で頷いてしまったが、今度驚くのは、私の番だった。

「結婚って……本気で言ってるの」

「当たり前だろ。本気じゃないと言わないよ、こんなこと」

亮介は私の左手を握りしめると、私の腕ごと彼の胸へと引き寄せた。

「ずっと、そばにいてほしいんだ」

誰かに抱かれるというのは、こんなにも暖かくて安心するものなのだと改めて感じた。

私も返事をする前に、彼の体をギュッと抱きしめ返した。

「よろしく……お願いします」

「よかった。断られたらどうしようって思ってた」

どのくらい抱き合っていたのだろう。私たちは人目もはばからず、お互いの胸の鼓動を聞きながら愛情を確かめ合い続けた。でも、その時間は長くは続かなかった。私たちの間を割って入るように、亮介の胸ポケットの携帯が鳴った。

「えっ、今日じゃなきゃ駄目なの？　……そう……わかった……ごめん、仕事に戻らなきゃならない」

亮介は携帯を仕舞いながら、残念そうに言った。

「いいの。仕事に戻って」

プロポーズの余韻が覚めずに、ほとんど上の空で返事をした。それじゃあ、と言って亮介は足早に私の元を去っていった。

動物園を去っても放心状態が続いた。幸せな時間が、いつまでも止まりませんようにと心の中で祈った。でも、その期待は見事に裏切られた。直後に香織ちゃんから『警察へ行く』という連絡を受け、私も急いで警察署へと向かったというわけだ……。

この数日間、目まぐるしく周囲の状況が変化している。叔父の死から始まり、その死への疑問、早苗さんの家出、香織ちゃんのこと、そして亮介からのプロポーズ……。

でも一番は早苗さんのことだ。いったい早苗さんは、今、どこで、何をしているのだろう。電話一本でいいから、何かしらの連絡が欲しい。

「でも、もしかして……まさか」

早苗さんは、叔父の死を受け入れてはいなかった。叔父の死に疑問を持っていた。周囲の人間が信じてくれないから、自ら行動を起こしたのだろうか。よく推理小説に出てくる探偵もどきみたいに、犯人の手掛かりを見つけようとしているのだろうか。

「まさか、そんなことあるわけないか」

早苗さんにそんな探偵のまね事が出来るわけがないし、そもそも家を出なくてもいい。

「はぁ……ちょっと、何」

サブリナが私の顔に頭をすり寄せてきた。おなかが空いてたまらないと、こうやって甘えてくる。このまま無視し続けていると、サブリナは私の足に噛みついてイライラをぶつけてくる。その前にこの子のお腹を満たさなければならない。

「わかったから。あげるわよ」

ソファから立ち上がり、餌の入った袋を取りにいく。そして皿の中に固形の餌を入れると、すぐさまサブリナがカリカリと音を立てて食べ始めた。

「いいね、お前は。食べて寝るだけだもんねぇ。私は会社に行かなきゃなんないのよ」

ため息が自然と出た。明日からまた会議漬けの日々が始まる。メビウスの輪のような空間から逃げてしまえればどんなにいいか。猫のように身軽になって逃げ出せればこんなに楽なことはない。サブリナの肉付きのいい背中を撫でながら、そんな幻想に身を委ねてみる。でも、現実は確実に私の元へとやってくる。

翌日、会社へ到着するとすぐに会議室へ直行した。中に入ったとたん、すぐさま菊池と目が合った。機嫌が悪そうな顔を見ると、今日の会議も紛糾するはずだ。考えただけで気分が滅入ってくる。

「一昨日は葬儀に出席していただき、ありがとうございました」

会議の冒頭で、私は重役たちに頭を下げた。

「会長は亡くなりましたが、オーシャンホテルには叔父が残した思想が残っております。お客様を第一に考えることをモットーにこれから頑張っていきましょう」

再び頭を下げると、まばらな拍手が起きた。菊池は、それらを無視し続け会議資料に目を通している。

「では、会議を始めます」

いつものように、安田の仕切りで会議は進められていった。だが、予想した通り会議の中盤から、菊池の独壇場が始まった。

「M&Aの話、どうするんですか。もう結論を出さなきゃいけないでしょ」

その場の空気を切り裂くように、菊池が発言した。すぐにどんよりとした重い空気が室内を包み込む。威圧感たっぷりの空気に飲まれてはいけないと、腹に力を入れて発言を続けた。

「その件に関しては、近々結論を出したいと思いますが……」

実は、朝一番でジェシーホテルの社長からメールが届いていた。M&Aの件で今月中に返事をもらわなければ、この話はなかったことにするという内容だった。今月は残り二週間しかない。その間にこの重役たちを何とか説得しなければならない。

「ここにいる全員がM&Aには反対です。それでも決行するんですか」

「この件はとても重要なことなので、もう少し話し合いたいと思います」

今はそう言って切り抜けるしかなかった。だが、菊池の表情は険しいままで私を睨みつけている。

「そうやって答えを先延ばしにしても、会社には何のメリットもないんですよ。亡くなった会長だったら、あなたみたいなやり方はしないでしょうね。もっと堅実なやり方をとると思いますよ」

カチンときた。だから、思わず尖った言い方になる。

「叔父と比較しないでもらってもいいですか。会長と私のやり方は違います」

「私たちは、会長の下で働いてきたんです。だから、あなたにも会長のような手腕を発揮してほしいんです。あなたを見てると、イライラするんですよ」

菊池はいつになく怒りを爆発させている。恐らく、叔父が亡くなったことで彼には恐れるものがなくなったからだろう。

「社長というのは、苦しくても決断をしなければならないんです。あなたのように、逃げ回っている人間にこの会社の経営を任せることはできません」

「それは、どういう意味ですか」

「それは、言わなくても分かりますよね」

私の声は震えていた。それにも増して、体全体の震えが止まらない。幹部全員が、私を社長から引きずり降ろそうとしている。それを肌で感じている。今の私は、四面楚歌だ。

「と、とにかく、この件に関して早急に答えを出しますので」

そう言ってその場を収めた。収まったのかどうか分からないが、菊池はそれ以上発言しなかった。これ以上何を言っても埒が明かないと感じたのだろう。

私は今、これまで感じたことのない焦燥感に襲われていた。額から汗が噴き出し、体中が火照っているし、心臓はバクバクと強い鼓動をしている。

「きょ、今日は、ここまでにします」

声が裏返りながらも何とかこの場を収めると、私はすぐに会議室を出た。

社長室に戻ると、椅子に崩れ落ちるように座った。

「はぁ……もう、帰りたい」

椅子をクルリと回転させると、ダラリと体を背もたれに付けた。顔を上に向けると、視線の先に白い天井が現れた。ペンキで塗られて模様はないが、光に照らされて刷毛のスジが薄っすらと見える。そのスジを目で追いながら視線を窓の外へと向けた。スーツ姿のサラリーマンたちは、相変わらず右往左往しながら歩道を歩いている。彼らもきっと、今の私の気持ちを理解してくれるはずだ。不満も言えず腹の中に怒りを抱えたまま、歩みを止められない私の気持ちを。

「はぁ……。なんかムカツク」

立ち上がり、再びサラリーマンの姿を確認する。その人たちに向かって右足を振り上げようとした瞬間、後ろから声が聞こえた。

「大丈夫ですか？」

振り向くと、田中が悲痛な表情で立っていた。まるで、飼い主に捨てられた子犬を見ているような表情だった。

「だ、大丈夫よ」

作り笑いを浮かべると、椅子に座った。田中が言葉を発するのをためらっているのを見ると、私はきっと引きつった顔をしているんだろう。

「先ほど、警察から電話がありまして」

「えっ、警察から？」

「神崎さんという刑事からです」

鎌倉の屋敷へ来てほしいという連絡があったという。

「折り返し連絡しますと伝えたのですが。どうされますか？」

早苗さんに関係することだということは、何となく想像はついた。昨日は真実を知ることが怖くて、神崎刑事に本音を伝えることができなかった。でも、現実から逃げてはいけないのだ。たとえ、早苗さんに関する新事実が発見されたとしても受け止めなければならない。

「これから行くって伝えておいて」

分かりましたと言い、田中は社長室を後にした。やはり、そうだったか。早苗さんが行方不明になった時点で、ある程度の覚悟はしていた。警察も確証がないかぎり動くことはない、つまり不審な点があるということにちがいない。

心の準備もままならないまま鎌倉に着いた。時刻は、午後二時を回っていた。屋敷の前には既に、グレーの乗用車が止まっていた。神崎刑事の車だろう。

「じゃあ、行ってくるわね」

田中には、車の中で待機してもらうことにした。早苗さんの話は、誰にも聞かれたくなかったからだ。車を降りると、例の階段が目の前に現れた。何度も上ってるのに、ため息をつきたくなるほどの高さに思えた。一歩目を階段に掛けようとしたその瞬間、不意に後ろから声をかけられた。

「ちづるちゃん?」

振り返ると、山田さんが立っていた。山田さんは私が幼い頃からの顔なじみで、ここから二軒隣に住んでいる。山田さんはなぜか、右手に長さ一メートルほどのこん棒を持っていた。

「お久しぶりです」

「ちづるちゃん、会社の社長なんですってね。すごいわねえ」

「いえ。そんな。後を継いだだけですから」

「うちの息子なんてさ、三流会社の社員よ」

山田さんの息子と兄が同い年ということもあり、幼い頃は兄妹でお世話になった。

「ちょっと聞いてくれる?　あの子ったらアイドルにハマってんのよ。握手できるアイドルっていうやつよ。週末になるとニヤニヤしながら出ていくんだから。もう、いい年なんだからやめなさいって言ってるんだけど、言うこときかないのよねぇ、まったく。ちづるちゃんを見習ってほしいわ」

山田さんは、話し出すと止まらなくなる。息子に対して、相当なストレスを抱えているようだ。

「あの、それ、何ですか?」

次の話が始まる前に、山田さんの持ってるこん棒を指さした。

「えっ、あぁ、これ？　これは護身用の棒よ」

山田さんは、こん棒で地面を二回ほど叩いた。

「この間ね、怪しい人がいたのよ。丁度、あそこらへんだったかしら」

山田さんは、道路の先を指さした。その先は道路はなく、山道へと続く登り坂になっている。

山田さんの表情は、さっきまでの明るい雰囲気から一変して、神妙な顔つきに変わっていた。

「そう。昨日の五時頃だったかしらね、早朝のよ。新聞を取りに外に出たら、あそこで屈んでる人がいたのよ」

山田さんが指さした先には、雨水溝があった。

「這いつくばってたのよ、その人、こうやって」

両手をパーにすると、顔の横に持っていった。その姿は、まるでカエルのようだった。

「その時メガネをかけていなかったから、よく見えなくてね。最初は猫か犬かなって思ったんだけど、それにしては大きいんだよね。でもよく目を凝らして見たら、それが人間だって分かったの。だから『誰！』って叫んだのよ」

「叫んだら、どうしたんですか」

「逃げていったわ、その向こうの林の方に」

「その人、何をしてたんですかね」

「はっきりとは分からなかったけど、そこを覗いていたみたいだったわ」

山田さんは、再び雨水溝を指さした。

「私が叫んだら、その影が突然向こうの林の方に向かって走っていったのよ。もう、こっちに来たらどうしようかと思ったわよ」

だったら叫ばなければいいのに、という言葉を飲み込んだ。それにしても勇気がある人だ。今回は相手が逃げていったからよかったものの、もしも凶悪な人だったら、襲われている可能性だってある。

「だから、今度会ったときはさ、これで叩いてやろうと思って。さっき町まで行って買ってきたのよ。どう？　決まってるでしょ」

山田さんは、棒を八の字にクルクルを回し始めた。やる気満々のおばさんの顔は、悪を倒そうとする孫悟空のように勇ましかった。

「でも、無理しないでくださいね。何かあったら大変ですから」

「大丈夫よ。それより、福島さん残念だったわね。驚いたわよ、蛇に殺されちゃったんだものねぇ。ホント、お気の毒で」

「ごめんなさい、ちょっと急いでるのでこれで失礼します」

話を続けようとする山田さんの話を強引に打ち切った。そうしないと、一生ここから離れられそうにもなかった。

「あらぁ、そうぉ？　もっと話したかったけど。じゃあ、またね」

山田さんは、棒をブンブンと振り回しながら自宅へと戻っていった。その不審者は何をしていたのだろうか。泥棒だったら雨水溝など覗かないだろうし、落とし物か何かを探していたのだろうか。だとしたら、早朝ではなくもっと明るい昼間に来るはずだろう。

「あっ、行かなきゃ」

約束の時間を十五分ほど過ぎていた。急いで階段を上がると、神崎刑事は腕組みをして私を待っていた。隣には初めて会う警察関係者が立っていた。すぐに神崎刑事は私に紹介した。

「彼は、鑑識課の中川です」

「どうも」

中川さんは帽子を取り、私に向かって丁寧に会釈をした。

「今日は、お忙しいところをすみません。もう一度、彼と一緒に部屋の中を見せてもらいたくてお呼びしました」

「それは、再捜査ってことですか」

「いえ、そんな大がかりではなく、あくまで任意の捜査です。ですので、他言はしないでいただけますか?」

神崎刑事の言葉使いは丁寧だったが、圧を感じさせる物言いだった。

「わかりました、約束します」

「それと梅田早苗さんについて、こちらで調べさせていただきました。特に家出するような理由が見当たらなかったし、一緒に逃げるような人間も見当たりませんでした。近所の人や仕事場の人にも話を聞いたんですが、ほとんどの方が失踪したことを驚いてましたね」

まさか、警察が早苗さんのことをそこまで調べてるとは、思いもよらなかった。

「全てをハッキリさせるために、最初からやり直そうと思います。それで大丈夫ですか」

神崎刑事は、私の心を見透かしているような言い方をした。そうなのだ、私は真実を知ることが怖いのだ。いろんな人が傷ついてしまうかもしれないと思うと、このまま闇の中へ葬りたいとも思ってしまう。自分から疑問を呈しておいて、肝心なところで怖気づいていた。

「真実から目を逸らすことは簡単です。でも真実に蓋をしてしまったら、後悔しか残らないと思います」

後悔か……。その言葉が、胸にグサリと突き刺さった。神崎刑事は私の心を見透かしているようだった。ここまで来たら、どんな結果になろうとそれを受け入れなければならない。刑事さんの言うように、後悔だけはしたくなかった。

「……分かりました。おっしゃる通りにします」

「じゃあ、さっそく始めましょう。その前に、防犯カメラの確認をしたいのですが」

神崎刑事は、玄関の上にある防犯カメラを指差した。

「カメラは、ここと、あとはどこにありますか？」

「確か、ここだけですね」

「そうですか。では、カメラの映像は後ほどチェックさせてもらいます。では早速、蛇の部屋に行きましょう」

私は玄関の鍵を開けると、二人を中に入れた。電気をつけると、見慣れた蛇たちの姿が現れた。

「何か手掛かりにつながるものがないか、まずは、この部屋の中を調べてみることにします」

神崎刑事はそう言うと、蛇のケージを指さした。

「手掛かりって、どんな手掛かりですか」

「何か気になるとか、何か違和感を覚えるとか」

「違和感、ですか……特には感じませんけど」

「そうですか……相変わらず寝てばかりですね」

神崎刑事は中腰になり、檻の中のアミメニシキヘビを覗き込んだ。

「そうなんです。でも、ちょっと元気ないみたいなんですよね」

「元気がないって、見た目で分かるんですか？」

「大体は。ここ見てもらえますか」

私は、蛇の皮が胴体に残っている部分を指差し、脱皮不全の理由を説明した。そんなマニアックな話に聞く耳を持たないだろうと思っていた。だが予想に反して、神崎刑事は真剣な面持ちで私の話に耳を傾けた。

「ふーん、なるほどね。じゃあ、脱皮不全と一口に言っても理由が分からないんですね」

「そうなんです。でも、近々には病院で診てもらうつもりです。深刻じゃないといいんですけど。それに、この体に付いた皮も剝がしてもらわないといけないし」

「剝がすって、どうやって剝がすんですか？」

「体を濡らして剝がしていくんです。剝がさないままでいると、次の脱皮が上手くいかなかったり病原菌がついたりして衛生的によくないんです」

「へー、蛇を飼うっていうのは、大変なんですね」

「ちょっと、いいですか」

中川さんが口を挟んだ。

「この蛇が言わば犯人ってことですよね。だったらこの檻を調べてみましょう。何か手掛かりがあるかもしれません」

私にはすぐにピンと閃いてしまった。最近、この部屋に入ったのは、叔父と私と田中、そして警察関係者たちだ。つまり、そこに早苗さんの指紋があったとしたら……。早苗さんはこの部屋には入ってこられないから、指紋が出るはずはない。

中川さんは肩に背負っていた平たい鞄を床に置くと、ズボンのポケットから鍵を取り出し蓋を開けた。中にはピンセットやめん棒など普段見たことがあるようなものから、まったく用途の分からない器具などがずらりと並べられていた。

「十分ぐらいかな、時間的には」

中川さんは、そう言って慣れた手つきで粉の付いた刷毛を、ゆっくりと丁寧に檻の鉄柵につけていく。すると、そこにうっすらと指紋のような形が浮かび上がってきた。

私と神崎刑事は、中川さんの作業が終わるまで隣の書斎にいることにした。書斎の扉を開けたところで、神崎さんが不意に話しかけてきた。

「そう言えば、通帳がないって言ってましたよね」

「そうなんです。見当たらないんですよね」

「とりあえず、それを探してみましょう。それと、他になくなったものとかってありますか？　例えば、宝石類とか高級な時計とか、要は金目になりそうなものですね」

「えーっと、そこまでは分かりません。頻繁にこの家に出入りしているわけではないので」

私たちは手分けをして、各々の気になる場所を調べ始めた。私は机の引き出しから開け始めたが、神崎刑事はベッドの下やクローゼットの引き出しを調べ始めた。その場所は、田中と訪れた時に調べなかった場所だった。さすが刑事だけあって目の付け所が違う。

「リビングもお願いします」

私が神崎刑事をリビングへと通した。同様にリビングの中もテレビ台の中や電話台、食器棚や流し台の引き出しなど、二人で調べつくした。けど、やはり通帳は見つからなかった。

「こっちの方はひとまず終わったぞ」

　中川さんが現状を報告しに来た。

「何人かの指紋は採れた。それと、これって何ですか」

　中川さんは、ファスナーの付いたビニール袋を差し出した。中には白い色のリモコンが入っている。

「それはマイクロチップリーダーですよ。マイクロチップを読み取るときに使うんです」

　それを袋から取り出すと、二人に説明してみせた。エアコンのリモコンのような形をしていて、表には細長い液晶と赤いボタンがついている。

「マイクロチップ？　どこかで聞いたことありますね」

　神崎刑事は、腕を組んで思案し始めた。

「動物の体に埋め込むんです、このくらいのチップを」

　右手の親指と人差し指で、一センチぐらいの大きさであることを表した。

「チップを入れた動物の体にこのリーダーをかざしてボタンを押すと、ここに番号が表示されるんです」

　手に持ったリーダーの表示画面を指さした。

「番号か何か表示されるんですか？」

「そうです。識別コードと呼ばれる数字をパソコンに入力すると、飼い主の情報が表示されるんです」

「なるほどね。でもそんなチップを体に入れて、痛くないんですか」

「獣医師さんに言わせれば、痛みは少ないらしいです。私、入れてるところを見たことあるんですけど、注射針の太いやつを体に刺して入れるんですけど、暴れることなく普通でした」

アミメニシキヘビのような特定外来生物に指定されている動物は、必ず獣医師会に登録しなければならない。それを怠ると、警察沙汰に発展してしまう可能性が出てくる。

「この家の蛇はほとんどが外来種なので、チップを入れてます。もちろん届け出もしてるはずです」

「こんな危険な蛇が外に出たらと思うとゾッとしますね」

そう言うと神崎刑事は後ろを振り向き、窓の外を見た。カーテンを開けると、庭の向こうの林まで見渡せた。

「ちょっと話が逸れてしまうかもしれないんですけど、あそこも福島さんの敷地なんですか？　今、人が通っているところです」

神崎刑事は、手提げ袋を持って歩いている通行人を指差した。中川さんと私も、導かれるように窓へ近づいた。

「あの道は、元々人が歩けるような通りではなかったんですけど、数年前に整備したんです」

フェンスに沿うように小さな小道が作られ、裏の道路へと続いている。あの小道を通ることができれば、かなり時間が短縮されるらしい。

「でも、通行人はほとんどいないんですよ」

鎌倉は自然保護区がとにかく多い。特に森林の中に建てられた住宅に対しての規制は厳しく設定されている。景観を損なわないように配慮するためだ。だから、木々を保護するためにコンクリートの使用が禁止された。なのでやむをえず、木々を伐採して獣道を作るしかなかった。それだと木の根が至る所にはびこっているので、お年寄りや子供などは、逆に足を取られて危険が増してしまう。

「また、論点が逸れますが、そもそも自宅で蛇を飼ってることを、近所の方はご存じなんですか」

神崎刑事は窓の外を眺めながら、私に問いかけ続けた。それは、どんな小さなことでもいいから、ヒントがないかを探っているように思えた。

「さあ、どうですかね。そこまで突っ込んだ話をしたことなかったですね」

先ほど会った山田さんは付き合いは長いが、蛇の話をした覚えがない。生前叔母が『蛇を飼ってるって知れたら、みんな怖がるから言ってないのよ』と話をしてくれたのを思い出した。だから、あえて近所には周知していないだろう。

「なんか、今さらこんなこと言うのもあれなんですけど」

神崎刑事が恐縮気味に話し始めた。

「あなたがおっしゃっていたことが、何となく理解できたような気がします」

「どういう意味ですか？」

「福島さんは有名ホテルを経営している方ですよね。有名人の蛇が外に逃げ出したとしたら、ましてや住民に怪我でも負わせてしまったら、マスコミの格好の餌食になってしまうでしょう。そう考えると、鍵の開け閉めに気を付けてたというのは頷けるというか」

「そうなんです。やっと分かってもらえましたね」

思わず笑みがこぼれた。警察が興味を示してくれたことが、単純に嬉しかった。

「でも、人間は誰でもミスしますよ」

中川さんは、水を差すように反論した。

「世の中に完全なものは何もないんですから。福島さんは七十歳を過ぎてましたよね。高齢者の約五割強の人間は、集中力散漫になりやすい傾向があります」

「そうハッキリ断言されてしまうと、ねぇ」

神崎刑事は私の方を向いて同調を求めた。私は何と言っていいか分からず、苦笑いを浮かべるしかなかった。高齢というワードを出されてしまうと、こっちは何も言えなくなってしまう。神崎刑事は私の心を察知したように、話の方向性を変えた。

「二階に上がってもいいですか？　念のために見ておきたいんですが」

「二階ですか？　いいですけど、誰も使ってませんし、それにお見せできる状態じゃないと思いますけど」

二階は叔母が亡くなってから、部屋中が物に埋め尽くされている。そんな部屋を見ても仕方がないと思うのだが、どうしてもと言って神崎刑事は引き下がらなかった。了解しようとしたまさにその時、電話が鳴った。

「ちょっとすみません」

二人にそう言って電話に出ると、男性の声がした。聞いたことのない声だった。

「あの、安部動物病院の安部と申します。福島誠さんはいらっしゃいますか」

「えっと、安部病院、ですか」

安部動物病院には、私が学生だった頃に何度か訪れたことがあった。横浜の郊外にある病院で、叔父は生前に随分とお世話になっていた。というのは、関東で蛇を扱える病院は少なく、神奈川県ではここだけだからだ。

「すみません、叔父は、亡くなったんです」

「えっ、そうなんですか？　困ったな、どうしようかなぁ」

安部さんは叔父が亡くなったことは知らなかったようで、対応をどうしようか本気で困っているようだった。

「あの、私でよかったら承りますけど」

叔父と血縁関係があることを告げると、それならと言って話し始めた。

「実はですね、一週間ほど前に福島さんから訪問治療を承ってたんです」

「訪問治療、ですか」

「飼っている蛇の様子が変だと言って連絡してきたんです」

叔父は蛇の異変に気づいていたようだ。

「ちなみに、蛇の名前は？」

「アミメニシキヘビです」

アミメニシキヘビ……その名前が出た時、背中に悪寒のようなものが走った。的の中心に矢を射たような、何かがピタリと合わさった感覚が、私を包み込んでいた。

「それで、昨日そちらに伺ったんですけど誰もいらっしゃらなくて」

「それはすみませんでした。叔父は、蛇のこと何か話してましたか」

「食欲がないしあまり動かないって言ってました。心配そうに話してたので、出来れば早めに診てあげたいんですが」

私は一刻も早く蛇の健康状態を確認したかったので、安部さんに緊急で今すぐに来て欲しいと頼んだ。

「えっ、今からですか」

「はい。本当に急で申し訳ないんですけど、お願いします」

私の無茶振りに、安部さんは快くではないが了承してくれた。電話を切ると、中川さんと神崎刑事にも同席してほしいことを伝えた。

「えっ、でもうちらがいても仕方ないんじゃないですか」

二人の警察官は困惑気味に顔を見合わせた。

「いえ、ちゃんと見てもらいたいんです、蛇の今の現状を」

二人にも専門家の意見を聞いてもらって、今後の参考にして欲しかった。何の根拠もなかったが、そうしなければならないと強く感じていた。

「じゃあ、医者が来る前に二階に行きましょうか」

私は二人の先頭に立って階段を上がり始めた。二階は三部屋あり、一番手前に十二畳ほどの広い部屋がある。

「じゃあ、まずはここからにしましょう」

一番広い部屋のドアを開けると、モワッとした空気が顔を包み込んだ。この部屋の空気は湿ったカビのようなにおいがする。長い間嗅いでいたくないニオイだった。

「タンスが多いですね」

部屋の中のほとんどが、叔母の愛用品だ。壁には隙間なくタンスが二棹置かれ、対面には化粧台やランニングマシーンなどまで所狭しと置かれている。真正面には窓ガラスが四枚あり、左側の二枚を収納棚が覆っているので、太陽の光は半分ほどしかこの部屋に入ってこない。

「おしゃれな家具ですね」

中川さんが目を細めながら、木製の家具を珍しそうに眺めていた。

「叔母は、アンティークコレクターだったんです」

タンスの表面には木彫りが施されており、花や天使の彫刻が細かく彫られている。フランスの有名な家具職人が作ったもので、確か定価で一千万円以上だったと思う。

「こんなのも取ってあるんですね」

神崎刑事は重ねられた植木鉢を指差した。鉢の底には乾いた土が付いていて、明らかに使い古しだということが分かる。その隣には、片方しかない外履きの靴が別のプラスティック製の植木鉢の中に突っ込んであった。

「私は整理した方がいいって言ったんですけど、叔父はどうしても捨てないって聞かなかったんです。叔母の持ち物は全てここにあります」

叔父は一見ガラクタに見える叔母の遺品を、一つも処分することはなかった。十年以上が経ってもこの状態なので、叔父には遺品を片づける気もなかったのだろう。ここは元々叔父の書斎だったのだが、叔母が他界してから書斎ごと下の部屋に移動した。蛇の部屋も、最初は庭に小屋を建ててその中で飼育していた。叔母が蛇が苦手だったからだ。

「大変だったでしょうね、これだけのものを持ってくるのは」

神崎刑事は、洋服ダンスの引き出しを開けながら言った。樟脳の香りと共に、叔母が愛用していたシャツやスカートが現れた。服は、引き出しの中に押し寿司のように詰められている。

「あっ、これ虫が食ってる」

下から二段目の引き出しから出てきたのは、薄茶色のセーターだった。これは叔母が若い頃から愛用していたセーターで、網目模様の柄をとても気に入っていた。虫はちょうど胸の真ん中辺りを食べていて、丸い小さな穴が無数開いていた。

「こんなの誰が着るんだろう」

セーターを引き出しの中にしまいながら、つぶやくように言った。この部屋の半分以上の遺品は整理できるので、叔父が亡くなった今は私がその整理をしなくてはならない。分かっていても、他人の物を整理するのは気が引ける。せめて叔父の一周忌が終わってからにしよう。

「じゃあ、次の部屋に行きましょうか」

私がそう切り出したその時、玄関のチャイムが鳴った。私たちは階段を駆け下りた。玄関の扉を開けると、メガネをかけた四十代後半ぐらいの男性が立っていた。

「私、安部動物病院の安部と申します」

安部さんは、私たちに向かって丁寧に頭を下げた。

「すみません、お忙しいところ来させてしまって。こちらは、警察の方々です」

「えっ、警察の方がどうしていらっしゃるんですか」

安部さんは、動揺した様子を見せた。まさか警察がいるとは予想外だったようだ。

「実は現場検証の最中なんです。警察の方にも蛇の様子を知ってもらおうと思ってます」

納得したのか分からないが、安部さんは分かりましたと小さく頷いた。

「すごい数の蛇ですね」

蛇の部屋に案内すると、開口一番に安部さんはそう言った。

専門家からしても、蛇の数に圧倒されるほどの数なのだろう、一つ一つのケージの中を丹念に覗き込んでいる。

「あぁ、これが例の蛇ですね」

安部さんはアミメニシキヘビの檻の前にしゃがみ込むと、ポケットから黒縁の眼鏡を取り出し顔にはめた。そしてしばらくの間、蛇を観察し続けた。アミメニシキヘビは相変わらずとぐろを巻いて眠りについている。さっきと同じ体勢のまま、全く動いていない気がする。ということは、内臓が悪いのだろうか。それとも、もっと重い病気なのだろうか。

「あのー……」

安部さんはしゃがんだまま眼鏡を外し、こちらへ顔を向けた。その顔は困惑の表情を浮かべている。

「どうか、しましたか？」

「死んでますよ、この蛇」

「えっ？　嘘でしょ」

私は素っとん狂な声をあげてしまった。死んでるって嘘でしょ？　私は安部さんの隣にしゃがみ込むと、蛇の胸元を凝視した。

「……ホントだ。息してない……」

安部さんが言うように、蛇の体はまったく動いていなかった。檻の隙間からトングで蛇の体を突いてみたが、ピクリともしない。檻の中を開けて確認したが、やはり蛇は死んでいた。元気がなかったとはいえ、まさか死ぬとは。予想外の展開に、驚きを隠せなかった。

「全然気づきませんでした」

中川さんも目を丸くしながら、中腰になって蛇を見つめている。さっきまで近くで見ていたから、余計に信じられないのかもしれない。

「死因は何でしょうか」

「解剖してみないとなんとも」

安部さんは言葉を濁した。

「ちなみにこの蛇は、飼い始めてどのくらいになりますか」

「たぶんですけど……恐らく、三十年近くは経ってると思います」

安部さんの問いにそう答えると、神崎刑事は驚きの表情を浮かべながら言った。

「えっ、蛇ってそんなに長生きするんですか」

その問いに安部さんが淡々と答えた。

「もっと長く生きる蛇もいますよ。私の知ってる範囲では、四十年が最長ですかね」

飼育環境が整っている動物園などでは、動物の寿命が長くなってきていると聞いたことがある。餌に事欠かないということが、一番の要因だろう。

「どっちにしろ、解剖してみないとはっきりしたことは分かりませんね」

安部さんはハッキリとは言わないが一番に考えられるのは、老死だ。脱皮不全を起こしていたのも、そういったことと関係しているかもしれない。

あれ？　ちょっと待って。だとすると、辻褄が合わないことが出てくる。

「じゃあ、この蛇が人を襲うということはありえますか」

蛇は叔父の首に嚙みつき、胴体を使って絞め上げている。そんなことが老いた蛇にできるだろうか。

「まあ、一概には何とも言えませんね。蛇によっては、そういった力の具合も違ってくるので」

どっちつかずの言葉に少しイライラしたが、明言を避けるのは医師として当然のことかもしれない。外来の蛇は日本で普及していないので、その生態がはっきりとは分かっていないということもあるだろう。だからここは、何が何でもハッキリとさせたい。

「原因を特定したいんで、解剖をお願いできますか」

「その場合、別料金がかかってしまいますが、よろしいですか」

「かまいません。頼んでおいて申し訳ないですが、早急に回答を頂きたいのですが」

「分かりました。努力してみます」

安部さんはカバンから麻袋を取り出すと、その中にアミメニシキヘビを入れた。

「よいしょ。では、失礼します」

麻袋を肩に担ぐと、部屋を後にした。安部さんがいなくなったとたん、中川さんが口火を切った。

「何かよく分からなくなってきたな。でも俺は、弱った蛇に人を絞め殺すような力はない気がするな。お前はどう思う?」

　中川さんは頭を掻きながら、神崎刑事に話を振った。

「そうですね。でも、福島さんが蛇に首を絞められて亡くなったのは事実ですから。状況から考えても、あの蛇でしかありえないですよ」

「そうなんだよなぁ……あなたは、どう思いますか?」

　二人は会話が続かなくなり、私に話をふってきた。

「……まぁ、正直に言うと、私もあの蛇が叔父を襲ったというのは信じられない気持ちです。理由としては、餌をあげても食べなかったのと、叔父は蛇の状態を心配してたみたいですから。恐らく、少し前から体が弱っていたはずです。その蛇が人を襲うというのは考えられないかなと」

　私の意見を聞いた神崎刑事は、現実的な意見を述べた。

「でも、それはあり得ないことじゃないですか。状況から考えると、あの蛇が襲ったとしか考えられないじゃないですか」

「それは分かってるさ。でもさ……」

　中川さんは、黙り込んでしまった。そうなのだ、神崎刑事が主張することがもっとも正しい。死んだアミメニシキヘビが叔父を襲わなければ辻褄が合わないからだ。

　それでも私は、あの弱った蛇にそんな力が残っているとは考えられなかった。

「ちょっと、場所を変えませんか。一服しましょう」

　私は頭も体も疲れていた。だから、休憩がしたくて二人をリビングへと促した。喉もカラカラだったし、それより何よりも一息つきたかった。二人を椅子に座らせると、お茶をいれるためにやかんを手に取った。その間も二人は、お互いの意見をぶつけ合っていた。

「はぁ……まさかこんな展開になるとはね、思ってなかったなぁ」

　中川さんは髪をかき上げると、背もたれに背中を付けながら深いため息をついた。

「そうですよね」

　神崎刑事は苦笑いを浮かべて言った。その時ふと、私の頭の中にある疑問が浮かんだ。それをストレートに二人にぶつけてみた。

「蛇に襲われたと錯覚させるために、偽装したというのは考えられませんか？」

「それはまた、突飛な考えですね」

　神崎刑事は私がいれた湯呑みの中のお茶をすすりながら、苦笑いを浮べた。

「それじゃあ、蛇に殺させたと思わせといて、実は人間が首を絞めたとか。腕を首に巻きつけたら首に痣ができそうですし」

「いや、それは無理でしょう」

　今度は中川さんが、私の意見をすぐさま否定した。

「福島さんの遺体には蛇に噛まれた痕がありました。あれを偽装したと考えるのには無理があります。それに人間が人を絞め殺すときは、相手が息をしていないと分かった時点で力を落とすはずです。でも遺体は両目が飛び出るほどの力が加えられていた。ということは、しばらくの間同じ体勢で絞め続けなければ、ああいう遺体は生まれません。それに絞められたアザは首だけでなく胴体にも残っていましたし」

遺体の体を丹念に観察した中川さんだからこそ、その言葉には重みがあった。

「じゃあ、やっぱりあの蛇が最後の力を振り絞って襲ったんですよ、きっと。最後の馬鹿力はあるでしょうしね、蛇でも」

神崎刑事はお茶を飲みながら、つぶやくように言った。

「じゃあ、別の場所で蛇に襲わせて、ここに運んだとか」

畳み掛けるように話を続ける私に対して、神崎刑事は冷静な態度で答えた。

「別の場所って例えばどこですか?」

「例えば、ここと似たような状況を作り出した場所に叔父を呼び出すんです。でも、まあ、その場合も、蛇を用意しないといけないですけど」

自分で言っておいて自信がなくなってきた。あんな大型の蛇を扱える人はそう多くない。案の定、すぐに中川さんに否定された。

「それも建設的じゃないですよね。それだったら山奥で事故死に見せかけたほうがよっぽど自然ですよ。わざわざここに運ぶ方がリスキーだと思います」

「まあ……それはそうですけど……」

もう、次の一手はなくなってしまった。黙り込んだ私に向かって諫めるように、神崎刑事は語りかけた。

「ちょっと待ってください。話が変な方へいってますよ。解剖の結果も分からないのに、話を進めるのはどうかと思いますけど。結果が出てからまた話しませんか」

確かに、結果が出てないうちに他殺と断定をして話を進めるのはナンセンスだ。全ての状況証拠がそろった時点で、改めて話し合う方が賢明だ。

「まあ、お前の言う通りだな。もうここまでにしよう」

中川さんのつぶやきに同調しようとした時、再び玄関のチャイムが鳴った。

「誰かしら」

さっきは動物病院からだと分かっていたが、今度は心当たりがなかった。玄関に行き、扉を開けると八島刑事が立っていた。

「私が呼んだんですよ」

玄関まで出てきた神崎刑事は、八島刑事を手招きしながら言った。

「彼にはいろいろと調べてもらってたんで」

「それじゃあ、私はこれで失礼します。署に戻って指紋の解析をしなきゃいけないんで」

入れ替わるように中川さんが靴を履くと、帽子を取って礼をして出て行った。残った私たちは、再びリビングへ戻った。

「これが防犯カメラの調査内容です」

八島刑事は胸ポケットから四つ折りの紙を取り出し、テーブルの上に置いた。そこには、この家の玄関前の様子が用紙いっぱいに印刷されていた。防犯カメラはカラーで画質がいいので、印刷してもピンボケしている箇所はほとんどなかった。

「これは、梅田早苗さんがこの家に来たところの映像を印刷したものです。福島さんが亡くなった朝、彼女がここに来たのは午前十時半ごろでした。ここに時間が写ってます」

八島刑事は、写真の隅に記載されている時間と日時を指差した。そして説明しながら次々と用紙をめくり始めた。

「そしてその後の映像がこれです。警察が玄関に入っていく映像で、午前十一時三十分となってます。その間の映像には、誰も映ってませんでした。そして、二週間前に遡って全ての映像を調べましたが、これと言って不審な点は見つかりませんでした」

「そうか、なるほどね……あっと、お前に言わなきゃいけないな」

神崎刑事は、八島刑事に今までの出来事を説明し始めた。

「えっ、あの蛇、死んだんですか」

「そうなんだよ。まだ解剖が終わってないから、死因は特定できてないけど」

神崎刑事がそう説明すると、八島刑事はあっけらかんと言った。

「じゃあ、やっぱり梅田早苗が怪しいですね」

「何でそう言い切れるんだ？」

「だって前日の防犯カメラには、彼女の姿しか映ってないんですよ。普通に考えれば、彼女が蛇の檻を開けてて帰ったと考えるのが妥当でしょ」

「いえ、それは違うんじゃないですか」

即座に八島刑事の意見を、私は否定した。

「早苗さんは爬虫類が苦手なんですよ。近づくこともできないんです」

「それは知っています」

八島刑事は、早苗さんと初めて会った時も同様の反応をしていたと言った。

「でも、だからといって全てを鵜呑みにするのは早計すぎませんか。人を殺そうと思ったら、苦手なことだって克服できるんじゃないですか」

「いや、でも、それは……」

そう言われると何も言えなくなる。早苗さんと頻繁に会っていたわけではない。彼女が苦手な蛇を克服していたとしても、なんらおかしくはない。

「あなたが彼女を庇う気持ちは分からなくもないですけど、私たちはそれに惑わされるわけにはいかないんですよ」

八島刑事は真剣なまなざしで私に訴えた。彼の表情は、駄々をこねた子供を叱っているように思えた。もう、これ以上言葉を続けることができなかった。このままだと、早苗さんが犯人に一番近いと言わざるをえなくなってしまう。でも、反論できない自分がいるのも事実だった。言葉に詰まった私を見かねて、神崎刑事が話を切り出した。

「ちょっと、外に出ませんか」

「外ってどこにですか」

「玄関の外ですよ。行き詰まった時は、いつも別の角度から考えてみるんです。それに、庭の方は詳しく調べていないし」

私と八島刑事は、神崎刑事に促されるように庭へと向かった。庭に出ると、心地よい風が吹きつけてきた。今日は雲一つない晴天で、鳥のさえずりも心地よく聞こえる。すると神崎刑事がおもむろに口を開いた。

「この家は玄関にカメラが一つしかないですよね。それはどうしてですか？」

「以前はあったんです」

叔母が亡くなる前までは、この庭を写すカメラがあった。でもプライベートを覗き見されているようで嫌だと、叔父が取り外した。

「代わりに、あの鉄柵がこの家を守ってくれてます」

庭をぐるりと取り囲むように、高さ五メートルほどの鉄柵が張り巡らされている。鉄柵のおかげで今まで一度も泥棒に侵入されたことはない。

「あの鉄柵は特殊な加工がしてあって、手をかけて上ろうとしてもツルツル滑って上れないんです」

「じゃあ泥棒に鉄柵を乗り越えて侵入されたことは、今までなかったんですか」

「ないですね、一度も」

「完璧な鉄柵ってわけですか。ということは、玄関を通らないと家の中には入れないってことですね」

神崎刑事は、なぜかため息をついた。この屋敷の造りは完ぺきに近かった。と胸を張って言いたいのだが、実は一か所だけ鉄柵を使用していない箇所があった。

「どこですか、そこは」

二人は同時に私の方を振り向いた。その場所は、私たちから見て右側の崖の部分にあった。

「あそこは簡易のフェンスで覆ってるんです。下が崖なんで、簡易フェンスじゃないとだめだったみたいです」

向かって右側は、木々がなく代わりに擁壁工事が施されている。背の高い雑草で隠れていて見にくいが、簡易フェンスが玄関の方まで続いている。

「どうしてあそこだけ簡易フェンスなんですか？」

「実は、この庭のせいなんですよ」

「庭のせい？」

神崎刑事は、首をひねりながら答えた。

「擁壁工事が行われた部分は、今から六年前に崖崩れが起きて山肌が露出してしまいました。その原因がこの庭を造ったせいだったんです」

山を削らなければ庭を造ることができず、大量の土を削り取った。そのせいで形を変えてすり鉢状になった山は強度を失い、崖崩れが起きてしまった。温暖化の影響で予想以上に降雨量が増えたため、こういった崖崩れは珍しくない。横浜や横須賀などでも頻繁に起きている。崩れた場所にも鉄柵を設置しようとしたが、強度が不安定で設置できないと業者に進言され簡易フェンスの設置になった。

「ちょうど、私たちがいる目の前が境目ですね」

私は鉄柵から簡易フェンスに切り替わる箇所を指さした。向こう側にはコンクリートの階段が造られていて、その階段に沿うように鉄製の手すりが下まで続いている。

「つまり手すりから簡易フェンスへと移ることが可能ってことですか?」

「はい、その通りです」

神崎刑事の問いに頷いた。手すりから簡易フェンスへと移動することができれば、この屋敷に侵入することは可能だ。たとえできたとしても、下には数メートルの崖がある。一面コンクリートに囲まれているから、落ちたら即死だろう。

「実際に見に行きますか? 一旦下に下りないとダメですけど」

その場所に行くには、屋敷から出て、再び階段を上らなければならない。これにはさすがの刑事たちも首を縦に振らなかった。

「いえ。今度、機会があれば行きたいと思います。じゃあ、一通り確認できたので私たちはこれで失礼します。それと指紋の件は、結果が出たらすぐにご報告します」

そう言うと、刑事たちは屋敷から去っていった。その後を追うように、私もすぐに屋敷を後にして車に戻った。

「お疲れ様でした」

眠りから覚めたばかりなのだろうか、田中の目は赤かった。ここ数日、彼を酷使しているので申し訳ない気持ちでいっぱいになった。

「随分と長かったですね。何か新しい発見でもありましたか？」

田中は、エンジンをかけながら尋ねてきた。私は刑事たちとのやりとりを、順を追って話した。

「えっ？　あの蛇、死んだんですか？　じゃあ、社長の勘が当たってたんですね。様子が変だって言ってたでしょ」

「まあ、そうなんだけど……でも、ちょっと複雑よね」

その言葉で全てを察したのか、真面目な顔つきで田中は言った。

「そうなると、あの家政婦が怪しくなるってことですよね」

もし蛇の部屋で早苗さんの指紋が見つかったとしたら、疑いの目が彼女に向けられるのは必至だ。どうか見つからないでという祈る気持ちでいっぱいになった。

「もうこれでお帰りになりますか？」

車は北鎌倉の駅前を通り過ぎるところだった。この先の交差点を右に曲がれば、横浜方面へと向かう道へと繋がっていく。本当なら、まだ仕事が残っているので会社へと向かいたかった。

「ちょっと待って。寄ってほしいところがあるの」

私は行き先を田中に告げた。案の定、田中は怪訝な顔をした。

「大丈夫ですか？　今、お会いになっても」

「どうしても、会っておかないといけないような気がするの」

彼女の住まいは、大船駅から徒歩二十分ほどのアパートの一階にあった。玄関前に立ち、チャイムを押した。

「……はい」

ドアを開けて顔を出したのは、香織ちゃんだった。学校から帰ってきたばかりなのだろうか、まだ学生服のままだった。

「こんにちは……あのー、今、大丈夫かな？」

「……何しに来たの」

香織ちゃんの声は低く、表情も硬いままで私を睨みつけていた。彼女の肩越しに見えたのは、ベッドに寝ている老女だった。おばあさんは両目を見開いて、口を開けたまま天井を見つめていた。

「あのね、香織ちゃん。どうしても聞いてほしいことがあるの」

「あなたとは話すことは何もないです。帰ってください！」

私の言葉を遮ると、香織ちゃんはドアを閉めようとした。私はそれよりも一歩早く、右足をドアの隙間に滑りこませた。

「早苗さんのこと、疑ってごめんなさい。謝るわ」

ドアに挟まれた右足のつま先がジンジンして痛かった。それでも、懸命に香織ちゃんに対して謝った。誠心誠意謝らなければ、彼女は許してはくれないだろう。香織ちゃんを傷つけ早苗さんも侮辱してしまったのだから。でも香織ちゃんの表情は相変わらず厳しくて、私の顔を穴が開くんじゃないかというくらい睨みつけている。それでも私は引き下がらなかった。

「早苗さんから、連絡あったのかな？」

するとは、鼓膜が破れるんじゃないかいうぐらいの大きな声を出して私に訴えた。

「あるわけないでしょ！　私たちは、お金がなくたって人様に迷惑をかけることはしてこなかった。なのに何で……何でお母さんが人殺しなんてしなきゃいけないのよ！」

「それは……」

上手く言葉が出てこない。それよりも香織ちゃんの怒りのパワーに押されっぱなしだった。

「福島のおじさんはね、とっても優しい人だった。私たちのことをいっつも気にかけてくれてた……お祖母ちゃんの治療費が足りない時とか相談に乗ってくれたし、私の修学旅行の費用を工面してもらったし、食事だってごちそうしてくれた……そんな……そんな優しいおじさんを、母さんが殺すと思うの！」

叔父が彼女たちの生活を支えていたとは、初めて知る事実に返す言葉が見つからなかった。香織ちゃんの表情は、ますます険しくなっていった。

「もう誰も信用できない！　大人なんか大っ嫌いよ！　自分勝手に消えていなくなっちゃうし、陰で悪口言うし、簡単に裏切るし、もうウンザリなのよ！　大人に振り回される子供の身にもなってよね！」

怒り狂ってる香織ちゃんの顔を見ているうちに、昔の私を思い出した。人に裏切られたのがショックで、一人部屋に籠もって外部との接触を断っていた時期があった。今の香織ちゃんの姿は、その時の私にそっくりだ。鏡に映る私の顔は、こんな険しい顔をしていたのだ。

「ちょっと、香織ちゃん落ち着いて、ね。私はね……うわぁ」

彼女の興奮を鎮めようとしたが、その前に顔に何かを投げつけられた。床に落ちているのは、白とピンクの縞模様のエプロンだった。

「あんなとこで働かなきゃ、母さんは疑われることもなかったのよ！　もう、二度と来ないで！」

いつの間にか香織ちゃんは頬に伝うほどの涙を流していた。口を真一文字に結びながら、ドアを思いっきり強く閉めた。その風圧が思っていたよりも強くて、私の体は後ろに大きくのけぞり尻もちをついてしまった。

「大丈夫ですか！」

田中が慌てた様子で、私の元へと駆け寄ってきた。だが、抱き起こそうとする田中の手を振り払い、私はドアをノックしながら声を掛け続けた。

「香織ちゃん、ごめんなさい。全部私が悪かった。私が悪かったから、もう少し話をしよう……もしよかったら……」

あなたの支えになるわ……。その言葉を直前になって飲み込んだ。早苗さんのことを少しでも疑った私に、香織ちゃんの支えになる資格なんてあるはずがない。でももしこのまま早苗さんが戻ってこなかったら、彼女はどうなってしまうのだろう。香織ちゃんはまだ中学生だ。それに、食費はあるのだろうか。おばあさんの介護もしなければならないし、学校にも通わなきゃならない。路頭に迷うことは目に見えていた。

「香織ちゃん！　香織ちゃん！　お願いだから、ドアを開けて！　ねえ、香織ちゃん！」

何度も、何度もドアを叩いたが、それっきりドアが開くことはなかった。

「諦めましょう」

田中はそっと私の肩に手を置いた。

「でも、このままじゃ、彼女が可哀そうよ」

田中は私の肩に力を込めると、私に優しく語りかけるように言った。

「今は何を言っても無駄ですよ。彼女は聞く耳を持ってません。今日のところは、仕切り直しましょう。ご近所の迷惑になりますよ」

田中の視線を追うと、隣のドアの隙間から人が覗いていた。私と視線が合ったとたん、慌ててドアを閉めた。

「……分かったわ。行きましょう」

後ろ髪を引かれる思いでその場を離れた。どうしてこう上手くいかないんだろう。これじゃあ、香織ちゃんを傷つけただけじゃないか。余計なことをしてしまったと罪悪感でいっぱいになった。でもそれから数日もたたないうちに、事態は思わぬ方向へと進んでいった。警察はある人物を逮捕し、叔父が事故死に見せかけて殺害されたことが判明したのだ。予想もしていなかった人物の名前に本当に驚いた。そして心の中で決めたことがある。私はその犯人を絶対に許しはしない。

八

いつからだろう、僕の人生が狂いだしたのは。子供の頃、誰だってバラ色の人生を思い描くはずだ。プロ野球選手になってベンツに乗るとか、銀座の一等地で店を営むとか、自分が立派な大人になっている姿を幼いながらに想像する。でも、まさか自分がこんなふうに人生の階段を転げ落ちるとは、想像をするはずがない。

僕は木田デパートの経営一家の次男として生まれた。木田デパートの出発点は、戦後に祖父が始めた小さなタバコ屋だった。それがいつしかデパートに変わり、次第に店舗数を増やしていった。父親である二代目の木田栄介は、さらに全国へとデパートを拡大していった。それと同時に、土地の買収や地下鉄事業への参入に関わっていった。僕が五歳の頃には日本一有名なデパートとして、日本全国に知れ渡るほどになっていた。三代目の僕たちの代では、いわゆるセレブと言われる立場にまで登り詰めていた。まさに転落人生がふさわしい位置からスタートすることになる。

　二つ年上の兄である木田圭介は、現在副社長だがいずれ社長の座に就くことが約束されている。兄といっても母親が違う異母兄弟だ。兄の母親は、兄が幼い頃に木田家から出ていった。原因は父親の浮気だった。その三年後に、父は僕の母親と再婚した。母親は木田デパートで働いていた。二人の出会いは社内でのパーティーで、受付嬢として出席していた母親に、父が一目惚れしたという。二人が結婚して一年も経たないうちに僕が生まれた。

　兄とは、母親が違うとはいっても仲が悪かったわけでもないし、明らさまにいじわるをされたこともなかった。でも兄は心のどこかで僕のことを嘲笑っていたのではないか、という疑念がいまだに払拭できずにいる。

　僕らは幼稚園から大学までエスカレーター式だったので、兄とは高校まで同じ学校に通った。学生の頃の兄は、成績はトップで運動も得意な文武両道に秀でた人物だった。陸上の短距離走者で、高校三年生の夏には国体で優勝したこともあった。その優勝タイムがプロの選手並みの成績だったので、マスコミが自宅にまで押し寄せたこともあった。それに顔もイケメンだったから中学、高校とアイドル並みの人気を誇っていた。

　一方の僕はというと、成績はトップではなかったが、上位をキープしていたし、運動もサッカー部に所属しスタメンで起用されていた。三年生ではサッカー部の主将にもなった。だが、母校のサッカー部はたいして強くなれず、話題になることは一度もなかった。

当時から僕らはよく比較されていた。兄の母親は有名な良家出身で、学業優秀なお嬢様だったらしい。一方の僕の母親は、高卒で平凡なサラリーマンの家庭に育った。母親が違うことで差が生まれたなどと揶揄され、いじめられたことも何度もある。兄があんなに目立たなければ、僕はいじめられることはなかったはずだ。納得がいかない僕は、兄に対して対抗心を抱くようになっていた。兄よりも目立てば、誰も僕を非難するヤツはいなくなるだろう。兄よりも上にいくことが、僕の学生時代のモチベーションになっていた。

僕が別の大学を選んだことで、兄とは大学は別々になった。でも、それでも兄を負かしたいという気持ちは止まることはなかった。そして次に選んだスポーツはマラソンランナーだった。マラソンを選んだ理由は、目立つからだった。とにかく目立つためには、どんなことでも構わなかった。実際に走ることは嫌いじゃなかったし、長距離のタイムは同学年の人と比べて速い方だった。この当時、世の中は駅伝ブーム真っ只中で、通っていた大学は箱根駅伝の常連校だった。ここでランナーに選ばれれば、テレビに映れるし有名になれるはずだ。

でも、目論見は見事に外れた。四年間猛練習を重ねても、ランナーに選ばれるどころか補欠からも落選した。僕の学生時代は、兄に一度も勝てることなく終わった。

今になってみると、兄はこの時の僕のことをどう思っていたのかと考えたりする。兄は昔から何を考えているか摑めないところがあった。僕のことも、もしかしたら心の底で嘲笑っていたのだろうか。だとしたら、兄は相当にワルな男だ。

その当時、ゴンスケという名のマルチーズを飼っていた。ゴンスケは白くてふわふわした毛並みが特徴の犬だった。僕が学校から帰ると、いつも玄関で尻尾を振って待っている可愛い犬だった。嫌なことがあった時には、必ずゴンスケが側にいてくれた。僕だけに懐いてくれたゴンスケは、心の友以上の特別な存在だった。

一方の兄は動物が苦手だった。どちらかというと、動物全般に嫌われていた。そのことに僕は、優越感を覚えていた。とても地味ではあったが、何をしても勝てなかった兄に対して、動物を振り向かせることだけは勝てた。そのことが嬉しかった。そして、獣医師の資格を取ろうと決意した。

父親にそのことを話した時、反対はされなかったが喜びもされなかった。なぜなら、後継者である兄が仕事をきっちりとやってくれさえすればそれでよかったからだ。父の興味はそこしかなかった。一方の母は、当時かなり有名だったある新興宗教にハマっていた。朝から晩まで母の部屋の中から呪文のようなお経のような声が漏れ聞こえるようになった。これは後から聞いた話だが、その宗教には多額の資金をつぎ込んでいたという。三度の飯より宗教が優先の毎日に、僕が入る隙間はどこにもなかった。家庭崩壊。僕の家族はその頃からガタがきていて崩れ落ちそうだった。いつ倒れてもおかしくないほど壊れた家に僕たちは暮らしていたのだ。それは家庭だけでなく、学校も同じだった。心を許せる人など僕の周りには一人もいなかった。

それから数年後、東京にある獣医大学の大学院を出て獣医師になった僕は、都内の動物病院に勤務しはじめた。どこにでもあるような小さな病院だったが、大好きな動物と接することができて幸せな日々を送っていた。だが一年が経ったある日、父から突然呼び出された。そして、横浜にある木田動物園の園長になるようにと半ば強引に決められてしまった。

木田動物園は、十数年前に父が多額の資金をかけて作ったものだ。動物園がブームになりそれに便乗して作ってしまったという、いわばハコモノみたいなものだった。バブルが弾ける前は、キリンやゴリラやホッキョクグマさえ見ることができた。客を呼び寄せるには目玉の動物が必要と考えた父は、多額の資金を集めることに成功しそれらの動物を手に入れた。客は一番多いときで年間一万人に達したこともあった。僕もオープン当初は通った思い出があるが、その頃の動物園には活気があった。

だが、その好景気も長くは続かなかった。徐々に下火になっていった原因は、全国に動物園が次々と増えたのと、遊園地などのアトラクションを売り物にする遊び場が増えたからだった。その結果、今は会社のお荷物的な存在に成り果てている。それに比例するかのように木田デパート全体の売上も減少していった。原価の安い品物に押され、日本産の高い品物は売れなくなっていた。それよりもインターネットの普及が百貨店全体の売上を押し下げ続けていた。

そこで取った策が全国にあるデパートを、次々と潰していくことだった。その結果、今では関東だけで五店舗しかなくなってしまった。もう一方の鉄道事業も、デパートを減らしたツケが回ったかのように、乗客が減っていった。従業員のリストラも行い、何千人もの人々が木田グループから去っていった。時代は確実に高級品志向ではなく、百均などのコストの安い製品へと変化していた。その波に乗れず従来の経営に固執した経営は、三代目の兄にも重石のようにのしかかっていた。そして例外なく僕の方にも回ってくることになった。

兄から僕に連絡がきたのは一週間前のことだった。普段、連絡がくることはめったにない。だから、不意の連絡に軽い胸騒ぎがしたのを覚えている。

東京の丸の内のオフィス街に、木田グループの本社がある。東京駅が眼下に見えるこの場所は、一流企業の証しでもあった。がそれは一種の見得であることは、経営状態からして透けて見える部分ではあった。

「すまないな、呼び立てて」

副社長室に入ると、兄は椅子にかしこまって座っていた。ブランド物のスーツを着こなしおしゃれな雰囲気を醸し出している。一方の僕はというと、上下紺色のジャージ姿で、ズボンの裾には飛び散った泥がついているという場違いな格好をしていた。

「さあ、そこに座って」

兄は、応接テーブルのソファへ座るように促した。テーブルの上には、コーヒーの入ったカップが二つ向かい合わせに置かれてあった。

「何かあったの？」

ソファに座りながら尋ねた。こんなきれいな場所は、正直居心地が悪い。動物の臭いまみれの場所で働いていると、クリーンな雰囲気に馴染めない。だから早く用件を済ませて帰りたかった。そんな僕の心を察したのか、兄はなだめるような言い方で話し始めた。

「まあ、そんなに焦るなよ。久しぶりなんだからさ。二年ぶりじゃないか、こうやって話をするのもさ」

兄の家庭も、父に負けずに奔放ぶりを発揮していた。兄は三十代の後半に差し掛かろうとしているが、既に二回の離婚を経験している。一度目は、大学を卒業してすぐに同級生の女性と結婚をした。二度目の結婚の時には、男の子が生まれた。子供が生まれたことで落ち着くと思ったが、それから約五年後に再び離婚をした。現在は、どこかのパーティーで知り合ったというモデルと付き合っている。

「どうだ、動物園の方は。忙しいか？」

「まあ、ね」

カップを手に取り、一口すすった。

「そうか」

兄は言葉少なに言ってから、僕と同じようにコーヒーカップを手に取った。何かを言い淀んでいることは確かだった。さっきから目を合わせないようにしている姿を見ると、悪い報告に違いなかった。だから僕も敢えて話を進めることをしなかった。兄は覚悟を決めたのか、息を軽く吐いてから話し始めた。

「お前を呼んだのはさ、木田動物園のことなんだ。お前も知ってるように、今、会社は厳しい状況だろ。どんなに頑張っても今年も利益が上がる見込みはなくてな……」

兄は再びコーヒーをすすった。

「何だよ、言いたいことがあるんだったら言えよ、はっきり」

しびれを切らしてそう言うと、兄は頭を下げてこう言った。

「動物園の経営から手を引きたいんだ。維持費がどうしても賄いきれない」

「潰すってことなの？」

「いや、そうじゃなくてさ……どこかのスポンサーを探すか独立するかしてほしいんだ」

「独立って……そんな勝手なこと言わないでくれよ。今の状態で、独立なんかできないよ」

今の動物園には、パンダもゴリラもホッキョクグマもいない。いるのは、高年齢のアフリカゾウとオランウータンたちだけだ。それで独立してやっていけないことは、兄だって分かってるはずだ。

「うちも厳しい状態が続いてるんだ。お前だって分かるだろ」

「そんなの知らないよ。あんたが、事業に失敗しなきゃ、こんなことにはならなかったんじゃないのか」

怒りを隠すことができず、つい声を荒らげてしまった。

「そんなこと言うなよ。俺だって辛いんだよ」

こっちだって兄がこんなことを考えたとは思っていない。全てが父親の差し金であり、兄は言わされていることは重々承知だった。父とは三年ほど会っていない。僕は実家暮らしだが、父の方が実家に顔を見せない。愛人の家に入り浸っていると、どこかの週刊誌で読んだことがあった。母親は相変わらず宗教にのめり込み、日々新規信者の獲得に奔走している。噂で聞いたのだが、母は高額なお布施を払っているらしい。でも、誰も母の暴走を止めようとはしない。父も兄も僕も、みんな見て見ぬふりをしている。

「俺だってさ、こんなことしたくないよ。だけどさ、会社のためなんだ。な、どうか我慢してくれ」

両手を合わせて懇願する兄の姿を見て、僕は言い返す言葉が見つからずにいた。というより唖然とするしかなかった。

「なぁ、頼むよ亮介。会社のためなんだ」

兄は何度も何度も頭を下げながら、くぐもった哀願の声を発していた。そこにかつてのヒーローの姿はなかった。

「いや……そんなこと急に言われてもさ……困るよ」

「困るのはお互い様じゃないか。お前が決めてくれないと、俺たちは路頭に迷ってしまう。それでもいいのか」

兄が言うように木田グループがなくなってしまうと、今の木田動物園は経営を続けられない。独立したところで資金の援助を受けるスポンサーを探さなければならない。企業を回ってスポンサーになってくれるように頼むしかないのだが、この営業が僕は大の苦手だった。口下手だし、話し方もうまくない。自分自身の力だけでは、スポンサーが見つかるとは思えなかった。

「マジで頼む。この通りだ」

兄は、顔の前で両手を合わせて懇願した。このままだと、土下座する勢いで僕に迫ってきていた。会社の経営は、僕が考えている以上に切羽詰まっているようだ。でも、だからといって、兄の意見を飲むわけにはいかなかった。困るのは、俺じゃなくて動物園にいる動物たちなのだから。

「……分かった。何とかするから」

心とは裏腹な言葉が口から飛び出していた。こんなとき、僕の口から出るのは、周囲に迎合してしまうようなメンツを保つようなセリフだった。押しに弱いのだ。

「ホントかよ。よかったぁ」

兄はホッとした表情を浮かべた。その笑顔は自分に向けてではない。本当に喜ぶべき人は、父親なのだ。

「じゃあ、半年ぐらいをメドに、頼むな」

あっけらかんと言う兄に面食らった。半年だなんていくら何でも無謀だ。

「えっ、そんなに早くかよ。そんなんじゃ無理だよ」

「悪いけど、時間がないんだよ。それじゃ、よろしく頼むな。これから会議なんだ」

そう早口で言いながら立ち上がると、部屋からさっさと出ていってしまった。

「はぁ……嘘だろ……」

僕の口からため息が自然と口を突いて出てきた。実は、動物園の経費が掛かりすぎると以前から何度も打診されていた。今回も同じような話だと軽く考えていたのだ。それがまさか、出て行ってくれと言われるとは。まさに寝耳に水だった。

「まいったなぁ」

でも、その言葉とは対照的に、僕の頬は緩んでいた。危機的状況だと分かっていながらも、兄が頭を下げる光景は気持ちが良かった。どんな形であれ、目の前でひれ伏す兄を見るのはこの上ない恍惚感に似ていた。

と同時に、実は心のどこかでなんとかなるだろうと目論んでいた。父とも兄とも仲はそれほど良くないが血のつながった家族なのだから、本気で僕を苦しめることはしないだろうと。最悪の場合、規模を縮小するだけで済むのではないかとタカを括っていた。

だが僕の考えは甘かった。そう思い知らされることになるのは、次の日の夕方、自宅に帰ってからだった。帰宅すると、そこには父の姿があった。

「よう、遅かったな」

父は、リビングのダイニングテーブルの椅子に座ってお茶を飲んでいた。スーツ姿に身を包み、口ひげを蓄えている父の姿によそよそしさを感じずにはいられなかった。台所では、母親が包丁で何かを刻んでいた。この二人が同じ空間にいる瞬間を、久しく見ていない。だから、懐かしく感じた。

「どうだ、仕事の方は。動物園は、忙しいか？」

「まぁ……それなりに忙しいよ」

「そうか」

父は、そう言って湯呑みを手に取り一口飲んだ。兄から動物園の詳細について聞いているはずだ。父がここに来た本当の目的は僕には分かっていた。僕に念を押すことだ。

「何、作ってるの？」

僕は、わざと母親に近づいて話しかけた。何となく話を逸らせたかった。母親は、長ねぎを千切りにしていた。

「うどんよ。おなか空いたでしょ。もうすぐできるから」

鍋を見るとグツグツと煮立ったお湯と中に、うどんがゆらゆらと踊っていた。まな板の上にはねぎが山盛りになっていた。

「ねぎうどんでも作るの？」

母は僕の問いに答えず、ひたすらねぎを切り続けていた。母の手料理の中に、ねぎうどんを作ってくれた記憶はない。懸命に手を動かす母を、僕は呆然と見つめ続けた。手に取ったねぎを切り終えると、二本目のねぎを切り始めた。まるで、会話をしたくなくて音でごまかしているように思えた。

「亮介、ちょっと、いいか」

父が湯呑みを右手に持ちながら、リビングの外に誘うように部屋から出ていった。僕はその後を追った。隣の和室の中に入ると、父はすぐに話を始めた。

「圭介から聞いただろ、動物園の話」

「まあ、聞いたことは聞いたけど」

「これは冗談でもなんでもないんだ。もう、あの動物園を維持する経費は残ってない」

喉が急激に渇いていくのを感じた。父の僕に注ぐ眼差しは真剣そのものだった。

「前から話してるように、デパートの経営、鉄道経営、全て赤字状態なんだ。今年も黒字は望めない。もしかするとこの家も売らなきゃならなくなるかもしれない」

「えっ？　そんなにひどいの」

父はため息をつきながら、髪を掻き上げた。その髪には何本もの白髪が見え隠れしていた。僕の記憶の中の父は、まだ白髪がそんなになかったはずだ。そんなことを思い出すということは、僕自身あまり話に集中できていなかった。

「今年は大幅に縮小して借金を返さないと、倒産するかもしれない。そこまで追い込まれてる」

まさか、そこまでとは……。新事実に愕然とすると同時に、体が震えてきた。

「だから動物園の経営から撤退させてくれ。頼む。身勝手な親を許してくれ」

父は、深々と頭を下げた。今度ばかりは優越感に浸ることはできなかった。父は本気だった。どうやら経営の行き詰まりは、シャレにならないところまで行きついてしまったらしい。

「わ、分かった。分かったから頭を上げてよ」

「……ってことは、承諾してくれたってことだよな」

「分かったよ。言ったとおりにするから」

「そうか、よかった。お前だったら分かってくれると信じてたよ」

ホッとした表情を浮かべた。それは兄の表情と全く同じだった。

「それじゃあ、私は帰るよ。まだ会社に仕事が残ってるんでね」

そう言うと、そそくさと出ていった。話が終わるとすぐに切り替える態度もそっくりだった。あの焦った様子は、マジなやつだ。それまで抱いていた何とかなるという甘い気持ちは、どこかに吹っ飛んでいた。それは次第に焦燥に変わっていた。

リビングに戻ると母が椅子に座って煙草を吸っていた。

「うどんはできたの？」

「うん、そこにあるから」

煙を吐きながら、気怠そうに言った。流し台の方を見てみると、ザルの上にうどんが、ねっちょりとした状態で打ちあげられていた。

「ちょっと茹ですぎたみたい。それでよかったら食べて」

まな板の上には、千切りにされたねぎが山盛りの状態になっている。

「何か頑張ったら疲れちゃった。先に寝るわね。時間があったら後片付けお願いね」

母は悪びれもせずにそう言うと、あくびをしながらリビングから出ていった。

「クソッ！　どいつもこいつも！」

ねぎの山に拳を振り下ろした。ねぎが四方に飛び、頬にもねぎが飛びついた。それでもこの怒りは収まらず、今度はザルを床に払い落とした。バサッという音とともに、うどんが床に飛び散った。

「アッチィな！」

足の甲の上に熱いままのうどんが乗っかり、それを蹴るように払いのけた。

「こんな家族、なくなっちまぇ！」

怒鳴り声を上げると、床の上に転がったザルを壁に向かって蹴った。いつからこんな家庭になってしまったんだ。いっそのこと、自己破産でもして家族がバラバラになればいいんだ。こんな疑似家族、あるだけ無駄だ。

一人で憤慨していると、床に散らばったうどんを避けるように、ゴンスケが近づいてきた。

「ごめん、驚かせちゃったね」

ゴンスケはワン！　と一声吠えると、足にすり寄ってきた。ゴンスケを抱き上げると、頭を優しく撫でた。ゴンスケは近くの公園で捨てられた犬だ。

「一緒に寝ようか」

ゴンスケを抱きかかえると、二階の寝室へと向かった。ベッドに横になり、ゴンスケを小脇に抱えながら無理やり目を閉じた。

翌日、起きると目が真っ赤に充血していた。結局、眠りについたのは一時間前のことだ。ほとんど眠れなかった。頭の中で色々な感情が渦巻いて脳味噌をかき混ぜ続けた。

「はぁ……行かなきゃ」

時計を見ると午前四時。動物園の朝は早い。五時までに動物園に行かなければならない。だるい体を無理やり起こしリビングに行くと、床の上にはうどんが散乱していた。母に片づけさせればいいと一旦はその場を離れた。でも、足が止まり後ろを振り向き、散らばった床を見つめた。

「……仕方ねぇなぁ」

いつもの癖でビニール袋の中にうどんを入れて雑巾で拭いている自分がいた。そんな自分がつくづく嫌になる。

木田動物園は周りを住宅に囲まれた中にある。園内には、ニホンザルや馬などの哺乳類、孔雀やフクロウなどの鳥類、カメ類など延べ百匹近くの動物が檻の中で暮らしている。門をくぐり中に入ると、心地よい風が僕の体を包み込んだ。その瞬間、心がホッとして安堵の気持ちに包まれた。イライラした自分を癒してくれる、僕にとってかけがえのない空間だ。

入り口を入るとすぐにライオンの檻がある。今は、雄のライオンしか目玉になる動物はいない。新しい動物を入手するのには、金銭と人手が必要だ。その二つとも、この動物園には揃っていない。

「ライア」

名前を呼ぶと鬣《たてがみ》を揺らしながら雄ライオンがゆっくりと近づいてきた。目を細めながら檻の隙間に鼻を押し付ける。僕が来ると餌をもらえると思って、いつもこうやって甘えてくるのだ。

「今、あげるからな、待ってろ」

給仕室へと向かい、冷蔵庫の中からアバラ肉を一パック取り出した。本当なら冷凍庫の中は肉で満杯でなければならないのだが、上部は空間で満たされていた。

「ほら、ライア、ご飯だよ」

投げた餌にライアが寄ってきた。だが、鼻をクンクンさせながら肉のニオイを嗅ぐと、しばらくしてその場を去っていった。

「やっぱり駄目か」

今あげた肉は、賞味期限が切れて二か月以上が経っている。業者からタダ当然でもらったもので、肉に赤みはまったくない。最近は新鮮な肉を買うことができず、肉の半分が、茶色に変色してしまっている。申し訳ない気持ちでいっぱいだが、切り詰めないとやっていけないのが現状だ。

すぐに冷蔵庫の中から新しい肉を手に取り、檻の中に放り投げた。するとすぐに近づいてきて、今度は鋭い牙で肉を引きちぎり始めた。やはり、おなかが空いていても、マズい肉は食べたくはないのだろう。

「園長、ちょっといいですか？」

飼育員の上田望が近づいてきた。上田さんは僕が動物園に勤務する前から勤務しているベテラン飼育員だ。年齢的にも僕の二つ年上で、旦那さんは横浜市内にある動物病院に勤務している。

「象の檻の中の水道なんですけど、水の出が悪いんです。申し訳ないですが、直してもらえないでしょうか」

「全く出ないんですか？」

「いえ、そうではないんですけど、象の体を洗う時に水圧が出なくて。ハナが喜ぶの知ってるでしょ」

ハナは高齢の象で、人間の年齢にすると百歳を超えている。この年齢になるといつ死んでもおかしくはない。だから、好きなことをさせてあげようという約束事が以前からあった。ハナが好きなのは水浴びで、特にホースからの強めの水圧を体にかけてあげると、長い鼻をバタバタと揺らして喜ぶのだ。

「あとトイレの水圧も低くなってるし、全体的に低くなってるんですけど。心当たりはありますか」

「いや……分からないな。後は、こっちで調べてみます」

「お願いします」

会釈してその場を離れる上田さんの背中に向かって、ごめんなさいと心の中でつぶやいた。水圧が低いのは当然だった。水量を低くしたのは、僕なのだから。今は、節約できることはなんでもしておきたかった。それを物語るように、着ているジャージはおしりの部分が擦り切れてしまっているし、靴だって底が薄くなっても履き続けている。でもここまでしないとならない、ギリギリのところにいるのだ。

事務所に入り、自分の席に着いた。目の前とその隣の席は、先月辞めていった人の席だ。十人いた従業員を五人にまで減らし、しかも正社員は僕と上田さんの二人だけだ。あとはパート職員で何とか切り盛りしている。とはいえ、この人数では足りるはずはなく、その足りない分の仕事は僕が補っている。本来なら早朝と昼と夜のシフト制なのだが、早朝から夜までずっと動物園に入り浸っている状態が続いている。

自宅に帰るのは一週間に一回か二回ほどで、ほとんどをこの動物園で過ごしている。でも、それはまったく苦痛ではない。一日中ここに居ても飽きることはない。それよりも自宅に帰る方が苦痛だった。

パソコンを立ち上げて『木田動物園売上表』を開いた。本当は見たくないのだが、これから銀行と掛け合うためにどうしても必要な資料だった。毎月の売上を示す棒グラフは、ほぼ横ばいだ。つまり、売上そのものが低いので、下がることはない。ピーク時よりは客足は遠のいたが、休日になると家族連れや恋人たちがちらほら来てくれる。そのたびにまだやれる、まだ客を楽しませることができると奮起してきた。だから、この動物園を潰すわけにはいかないのだ。

　車で浜崎銀行へと向かった。浜崎銀行は横浜を中心に神奈川全域に支店を持つ大手銀行で、祖父の代から長年お世話になっている。銀行に足を運んだ理由は、スポンサーが探せなかった場合に備えて資金の準備をするためだった。長年の付き合いだけに柔軟な対応をしてくれるとタカをくくっていた。だが、銀行の反応は思っていたのと全く違っていた。

「えっ、ダメってどういうことですか」

　副支店長の神保さんは、手渡した資料を渋い顔で見つめながら言った。

「貸したいのは山々ですが、この資料を見る限り簡単にお貸しできる状況ではないです」

「必ず返します。だからお願いします」

　机に頭がつくほどの低姿勢で、何度も懇願した。

「そんなこと言われてもねぇ」

　それでも渋る神保さんに、前のめりになって自分の意志を伝えた。

「どうしてダメなんですか。その理由を教えてください」

「それはお答えできません」

「お願いします。この通りです」

　椅子から体をズラすと、土下座をした。

「どうしても資金が必要なんです。お願いします」

動物園がどうしても必要なんだ。動物たちのためなら、土下座だって厭わない。僕から動物たちを奪って欲しくないという一心で、床に頭を付け続けた。

「困りましたねぇ」

神保さんは深くため息をつくと、仕方ないといった表情で続けた。

「……じゃあ、ここだけの話にしてくださいよ」

僕の迫力に押されたのか分からないが、神保さんはしぶしぶ話し始めた。

「お兄さんの事業ですよ。私は何度も申し上げました。野球チームのオーナーになるのは厳しいと」

「野球チームのオーナー？　何ですか、それ」

寝耳に水だった。予想もしていない状況に困惑した。兄が野球に興味があるなんて、一度も聞いたことがなかった。

「何度も融資を催促されたんですが、今の会社の現状では無理だと言って断りました。そしたら翌日は社長までおいでになって、どうしても貸してくれと言われました。でも、今回ばかりは無理ですと言って、再びお断りしました」

穴があったら入りたかった。親子でなんという醜態をさらしているのだろう。

「お二人とも野球には関心がないようでしたし、将来的な計画があいまいで、ただ『オーナーになりたい』という感じでした。こう言ってはなんですが、長年の勘で分かるんですよ、事業に失敗する人の特徴は。その場のノリが多いんですよね」

学生時代に陸上一筋だったのに、野球のオーナーだなんてよく言えたものだ。

神保さんの顔つきはさっきよりもこわばりが増し、今にも怒り出しそうな雰囲気を醸し出している。ここはひとまず引き上げた方がよさそうだった。

「本当にすみませんでした。それでは……」

また出直しますと言おうとしたが、神保さんの口はマシンガンのように止まらなくなっていた。

「お父さんの事業が成功したからって、自分も同じように成功できると思っていたら大間違いですよ」

「それは、どういう意味ですか」

僕の声は震えていた。もっと和やかな雰囲気で終わると思っていたので、予想外の展開に緊張している。

「甘いというか、世間知らずというか、甘やかされて育った二世の方々たちには、先を読む能力が欠けていると思いますね。そのくせ、偉そうにしたがるというか、自分は何でも知っていると思いたがる。苦労をしてないからそうなるんでしょうけどね」

膝の上に乗せた拳に力が入った。こんなにも侮辱されるとは思ってもいなかった。神保さんの態度は、もう僕たち家族を大切な顧客だとは扱わないという決意に思えた。羽振りのよかった頃の会社の経営状態ではないし、足元を見られても仕方のないことだ。

僕は思い切って顔を上げた。その瞬間、神保さんと目が合った。神保さんはまだ何か言いたそうな顔をしていた。これ以上傷つきたくなかった。残された手段は、強行突破するしかない。

「お忙しいところすみませんでした！　今日の話は忘れてください。つまらないことでお時間を割いてしまってすみませんでした！」

早口でそう言うと、頭を下げてその場を離れようとした。でも予想以上に神保さんの怒りは溜まっているようで、話を止めようとはしなかった。

「他の銀行も無理だと思いますよ。あなた方の会社の状況は筒抜けですから」

「……」

「もう誰も金を貸さないでしょうね、残念ながら」

反論しようとした。だが、すんでのところで止めた。ここで何を言っても、負け犬の遠吠えにしかならない。かえって怒りを増長してしまうだけだ。

「失礼します」

何とか話が途切れた瞬間をとらえると、素早くお辞儀をして廊下へと出た。小走りで階段を下りて銀行の外へと出た。顔に吹き付ける風が、額についた汗を拭うように強く吹いた。胸の鼓動がドキドキと耳の奥へと響いていく。ショックが大きすぎて、頭が真っ白になっている。

ビルの間にある小さな公園に入り、ベンチに腰掛けて携帯を手に取った。頭を左右に振り、周囲に誰もいないことを確認した。兄に思いの丈をぶつけるには、怒鳴ることが必要不可欠だったからだ。

「おい！　ちょっと、どういうことだよ！」

「何だよ、お前も行ったのかよ」

兄は、あっけらかんと答えた。悪びれた様子がない兄の態度が、僕の口調を乱暴にさせた。

「分かりやすく、ちゃんと説明してくれ。野球チームってなんだよ」

「プロ野球のオーナーになるんだよ。そうすればチーム名に会社の名前を入れることができるだろ。宣伝効果抜群じゃないか」

「だけど、兄貴は野球なんか興味なかっただろ。どっちかっていうと陸上じゃないのか」

「陸上で客は集まらないだろ。ここは人気の競技じゃないと無理なんだよ。考えたら分かるだろ」

「球場は、どうするんだよ。まさか作るのか」

「そうだよ。そのためにいらない施設を……あっ」

やっぱりそういうことか。採算の取れない動物園は早々に切り捨てるってわけか。

「お前には悪いと思ってる。だけど会社のためなんだよ。な？　お前だったら分かってくれるだろ」

「……」

「じゃあ、これだけは約束する。球場を作って客層が回復したら、もう一度動物園を」

強制的に兄との会話を終了した。これ以上、言い訳がましい話は聞きたくなかった。

「クッソ！　嵌められた」

思わず手に持った携帯を、地面に投げつけそうになった。神保さんの言う通り、兄はその場の雰囲気で物事を決めてしまっている。このままだと木田グループの破綻は目に見えている。

それからというもの、今まで以上にスポンサー探しに奔走した。慣れない電話での営業を行い、関連会社などに片っ端から声をかけた。パソコンで資料を作って郵送したり、アポを取って営業をかけたりした。だが、努力の甲斐なく成果は出なかった。

『四面楚歌』という四字熟語を国語の授業で習った。四方八方を敵に囲まれてなすすべがない状態という意味だ。窮地に陥った経験がなく、手を伸ばせば何でも手に入れることが出来る。そんな暮らしをしてきたから、ピンと来ていなかった。でも今は、自分が四面楚歌の渦中にいるのだというのが身に染みていた。

苦手な営業をしたせいで、頭に円形脱毛症ができた。髪の毛を長くして隠してはいるが、誰かに見られるんじゃないかと冷や冷やしてしまう。なるだけ人には自分の弱い部分を見せたくはなかった。

「もう、駄目か……」

一人になると、いつもこの言葉をつぶやくようになっていた。気づけば、動物園のスポンサー探しも五か月目に迫っていた。神奈川県内だけでなく、東京や埼玉まで足を延ばしたし、関西方面も当たってみたが全て断られた。

もう無理なのだろうか。だったら、いっそのこと、動物園を売り払ってしまおうか。正直、頭も体も疲れ果ててしまっていた。楽になりたかった。そのためには、動物園から自らを遠ざけるしかなかった。仮に動物園が閉園になり、動物たちが引き取られたとしても、誰かが面倒をみてくれることには変わりはない。うちよりも立派な動物園はいくらでもあるし、新鮮な餌を食べられるなら、そんな幸せはないだろう。

でも一方で、やるせない気持ちを諌める自分がいる。まだやれる、やるしかないと自分を鼓舞し続ける自分もいる。やっぱり大好きな動物園を手放したくない気持ちと、何よりも動物たちと離れ離れになりたくなかった。ここまで世話をして大切に育ててきたのに、誰かの手に渡るのは忍びない。もし引き取り手が決まらなければ、殺処分される可能性も否定できない。そんなの絶対に嫌だ。

再び四面楚歌という言葉が頭の中を駆け巡っていく。考えていること全てが堂々巡りなのだ。

そんな鬱々とした日々を送っていたある日のこと、ポケットの中の携帯が鳴った。その日は一日中園内の掃除をしていて体中の節々が痛かった。誰とも話したくない気分だったので、初めは無視しようと思った。でも一向に鳴り止む気配がないので、仕方なく電話に出た。

「もしもし」

「おう、亮介？　オレオレ」

一瞬、オレオレ詐欺かと思ったが、すぐに矢部卓郎だと分かった。矢部とは、幼稚園から大学までずっと同じ学校で学んだ仲だった。

「こんな時間にごめんな。どうしても出欠が聞きたくてさ」

「出欠？　何のだよ」

「やっぱりそうか。お前だけだぞ、まだ返事がないの」

聞けば、来週に学校の同窓会があるという。出欠を知らせるはがきが届いているはずだと言うが、まだ目を通してなかった。多分、ポストの中に置きっぱなしなのだろう。

「出るだろ？」

「えっ？　おい、勝手に決めるなよ」

「出ないのか」

今は同窓会になど顔を出している場合ではなかった。自分にはやることが山ほどあるのだから。

「その日はあいにく仕事なんだ。だから参加できない。ごめんな」

「えー、そんなこと言うなよ。みんな来るんだぞ。滅多に会えないんだからさ、ちょっとでもいいから顔出せよ」

この日の矢部はやけにしつこかった。行く、と言わなければ電話を切らせないという勢いだ。

「会場って、お前の仕事場の近くだろ。目と鼻の先じゃないかよ。遅くなってもいいから顔出せよ」

　同窓会の会場は、山下公園の近くの某有名ホテルだという。確かに仕事が終わってからでも、車で十五分かからないぐらいの距離だった。

「前回の同窓会から一度も会ってないじゃないか。これを逃したら当分会えないんだぞ」

　矢部は今、ロンドンで働いている。名の知れた銀行に勤めていて、あまり休めないと聞いたことがあった。

「なぁ、いいから来いよ。お前が来るまで待ってるから」

「何だよ、女みたいなこと言うなよ」

「俺は本気だからな。お前が来るまで帰らないぞ」

「分かったよ、分かった。行くよ。行けばいいんだろ」

　いつもの癖でそう答えてしまった。

「そうか、よかった、よかった」

　矢部のホッとした表情が目に浮かんだ。でも僕の心は、もう既に後悔でいっぱいだった。

　電話を切っても、後悔の渦は大きくなり収拾がつかないほどになっていた。金持ちが多い集まりほどつまらないものはない。自分が社会でどれほどの立場にいるかの自慢大会だ。その中で愛想笑いを浮かべて、相手を持ち上げなければならない。参加したって意味がないし、楽しくもない。かえって、自分がみじめになるだけだ。

「あーぁ。何で行くって言っちゃったんだろう」

人間と関わると、どうしてこんなに面倒なんだろう。動物たちのことを考えている時は、楽しくて仕方ないのに。動物といると、あれこれと気を回さなくていいし、気疲れすることもない。僕にとって、人間という動物が一番の厄介な代物なのだ。

「そうか、行かなきゃいいんだ」

冷静になってみれば、会場に行かなきゃいいだけのことだ。当日になってドタキャンしてしまえば、矢部だってどうすることもできないはずだ。第一、矢部の幸せそうな顔も見たいとは思わなかった。

だが、この時、僕は忘れていた。矢部という男が、しつこい性格だということを。なんと矢部は同窓会の当日になって、動物園へとやって来たのだ。

「おう、久しぶり」

矢部と会うのは七年ぶりだが、その時と風貌がだいぶ変わっていた。おなかはメタボ腹だし、顔なんて月見ができそうなぐらいにまん丸になっていた。彼から声をかけてくれなければ、もしかしたら気づかなかったかもしれない。

「お前を迎えに来たんだよ」

「何でだよ」

「同窓会に行きたくなさそうだったからさ。だから、バックれるんじゃないかと思ってさ。そういう勘がよく働くんだよ、俺は」

矢部は口元だけで笑顔を作ったが、それが俺を見下している態度に思えて仕方なかった。だから、絶対に行くもんかと拒否しようと決めた。

「行きたいのは山々なんだけど、どうしても仕事が終わらなくてさ、あれ見てよ」

檻の前に山積みになっている藁《わら》の束を指差した。

「今日中にあれを移動させなきゃいけないんだ」

「誰かに任せられないのか。お前、園長だろ」

「今日はあいにく、代わりが誰もいないんだ。せっかくの誘いなのに、行けなくてごめん」

丁寧に頭を下げて断った。こんなに真剣に断られたら、相手も無下に誘えないはずだ。

「えっ、そうなのか……それじゃあ、仕方ないか」

矢部は眉根を動かすと、真剣な面持ちになった。どうやら僕の思いがようやく伝わったようだ。

「行ってくればいいじゃないですか」

ごめんな、と謝ろうとしたとき、後ろから声が聞こえた。振り向くと上田さんが箒を持って立っていた。

「私が代わりに仕事しますから、園長はどうぞ行ってきてください」

「えっ、でも……」

「園長、このところ疲れてるでしょ。たまには息抜きしたほうがいいですよ」

「いや、そんなことないよ」

「いえ、そんなことあります」

上田さんはいつになく真顔で答えていた。

「じゃあ、正直に言いますけど、最近すごくイライラしてるじゃないですか。ドアは乱暴に開けるし、動物の餌も放り投げるし、掃除だって正直に言って綺麗になってません。全てが雑というか、イライラを何かにぶつけてるみたいで正直怖いです」

まさか、そこまで自分が観察されていたとは。自覚がないので、何とも答えのしようがなかった。彼女にしてみれば、僕の行動には目に余るものがあったのだろう。

「だから、気分転換してきてください」

上田さんは僕を送り出すように満面の笑みを浮かべた。

「よかったな、できのいい部下がいてさ」

矢部は、僕の肩をポンと叩きながら言った。こうなると、行かないとは言えるはずがない。仕方なく着慣れないスーツを着て、タクシーで会場へと向かった。同窓会の会場は、ガーディアンホテルの二階にある会場を貸し切って行われていた。中に入ってまず目につくのは、海が見渡せる窓辺に連なる窓の数だった。枚数にして三十はあるだろうか。夕方なので今の時間帯は夕日が水平線に消えていくのが綺麗に見えている。

「よう、木田じゃないか。久しぶりだな」

会場に着くなり、久保田が側に近づいてきた。久保田と僕は、学生時代、サッカー部で汗を流したチームメートだ。彼の父親は官僚で、確か事務次官になったと聞いていた。ブランド物のスーツを着こなすその風貌は、金持ちであることをひけらかしているように見えてしまう。

「お前、すごくたくましくなったな」

久保田は僕の右腕を触りながら、驚いた様子で言った。

「えっ、そうかな」

「だって、昔はさ、色が白くてさ、ひ弱な男子って感じだったじゃないか……そっか、お前、動物園の園長になったんだっけ」

確かに、動物園の仕事は体力がないとやっていけない仕事だ。朝から晩まで一日中体を動かしていなければならない。ニンジンやレタスなどの餌の入った段ボールや、束になった藁を毎日のように運ぶのだ。今は人手が足りないので、以前よりも倍の回数を運んでいる。自分では気にしたことはないが、そういった生活で自然と腕に筋肉がついたのだろう。もしかすると着ているスーツが小さくなったと感じたのは、この筋肉のせいだろう。

「いいなぁ。俺なんかそんなに食ってないのに、おなかに肉がつくんだよなぁ」

久保田はおなかを左手で触りながら、冗談っぽく言った。

「分かる。好きでもない仕事をしてると、つい食べ過ぎちゃうんだよ」

矢部も会話に加わり、メタボ論争が始まった。でも僕は、矢部の言った言葉が気になり突っ込みを入れた。

「好きじゃないって、どういうことだよ。外国で働くのが夢だったんじゃないのか」

まあな、と言って手に持ったカクテルを一口飲むと、矢部はため息をついた。

「そりゃ、夢が叶った時はものすごく嬉しかったさ。ロンドンの街並みが見渡せる高級マンションに住んでさ、ワインを飲みながら優雅に暮らすっていうのを目標に頑張ってたんだけどな。でも、現実はそんなに甘いもんじゃなかったよ」

「何が違ったんだよ」

僕は顔にこそ出さなかったが、心の中では憤っていた。

「外国の社会って成果主義だからさ、仕事で使い物にならないと出世できないんだ。今は、結果が求められる社会に疲れたっていうのが本音かな。好きな仕事だったら我慢できるけど、そうじゃないから転職しようか迷ってる」

矢部に同調するように久保田も続く。

「お前の気持ち分かるわ。俺だってそうだよ。初めの頃はあこがれの場所で働いている自分に酔ってるっていうか、仕事に就いたことを自慢したくて仕方なくてさ。でも年月が経つと、徐々に熱が冷めていくんだよ。どうでもよくなるっていうかさ。だから、お前が羨ましいよ」

久保田は僕の肩をポンと叩いた。

「何だよ、それ。どういうことだよ」

「お前は、動物園の園長になるのが夢だったろ。夢を形にしてさ、好きな仕事を楽しんでるじゃないか」

　好きな仕事だからそれを失う怖さがある。守っていくことの苦労を、羨ましいと一言で片づけて欲しくなかった。

「親が大企業の社長だと、それに乗っかれるしな。親の敷いたレールの上を歩けばいいだけだろ」

　またか。久保田はトゲのある言い方が玉にキズだ。だが、彼は悪気があって言ったわけではない。昔から冗談っぽく僕を茶化すのが上手いだけだった。

「……あれ？　彼女ってさ、あれじゃない、福島ちづるじゃないか」

　久保田の視線の先に目を向けると、紺色のスーツに身を包んだスレンダーな女性が目に入った。彼女は、他の女性たちと談笑していた。

「相変わらず美人だよな。知ってるか？　彼女って社長になったんだって、福島グループの」

「へー、そうなんだ」

　彼女も僕と同じ二世という立場だということを思い出した。学生時代の彼女は、高嶺の花というか、かなりモテていた記憶がある。先輩から後輩まで、当時イケメンで人気のあった男たち全員からアプローチされていたという伝説がある。僕とは正反対のタイプの女性だったし、話した記憶もほとんどなかった。

かった。

「俺も。美人と話すチャンスだからな。お前も行くだろ」

矢部と久保田は、アタックする気が満々だ。だが、僕にはそんな気はまったく起きなかった。

「遠慮しとく。お前たちだけで行けよ」

「何でだよ。お前だって、いい女だって思ってるんだろ」

「そんなの思ってねーよ。いいから二人で行ってこいよ」

二人の背中を、彼女のいる方角へと押しやった。二人は顔をニヤつかせながら、女性たちが群がる集団の中へと向かっていった。

僕はしばらくその場でビールを飲んだり、軽食をつまんだりしていた。でもすぐにその場を離れ、バルコニーへと出た。外はとっくに日が暮れて、窓の外にはみなとみらいの夜景が広がっている。ビルや橋から発せられる光の粒が輝いていた。恋人同士だったら、ウットリとする光景なのかもしれないが、僕の心に全く響かなかった。後ろを振り返ると、矢部と久保田が僕の方を見ながら福島ちづるに何か話しかけていた。たぶん、僕を無理やり連れてきたとか、何とか言ってるのだろう。

「もう、帰ろう」

これ以上ここにいても、何の意味があるのだろうか。誰かと世間話をするなど、僕にとってはどうでもいいことだ。そもそも、人間嫌いなのだから。僕が存在するべき空間は、草の生い茂った匂いや動物のフンや尿の匂いが充満した動物園なのだ。こんな整った場所は僕には似合わない。飲みかけのビールを飲み干すと、出口へとまっすぐに向かった。

廊下に出ると、先ほどまでの喧騒が去り、静けさに包まれた。

「あー、疲れた」

今まで感じたことのない脱力感が、体中にドッと押し寄せていた。普段、静かな環境で仕事をしている僕にとっては、よく頑張ったほうだ。同窓会が始まってから一時間ほどしか経っていないので、廊下には僕だけしかいない。コッコッという靴の音が響いている。自然消滅するのに、うってつけのシチュエーションだった。トイレに行くフリをして出てきたが、僕がいなくなっても矢部たちは怒らないだろう。僕たちの関係は、そんな薄っぺらいものでしかないのだ。

エレベーターの前に立ち、下降のボタンを押した。静けさに包まれているせいなのか分からないが、この時間がいやに長く感じられた。

動物たちはどうしてるだろうか。明日の餌は何とか用意出来ているが、その先は別の仕入先を探さなくてはならない。また頭を下げて格安の肉を仕入れなければ、動物たちが死んでしまうのだ。横浜市内のスーパーを駆けずり回るので、足腰に疲労が溜まり結構しんどい。

こんな時でも、動物たちのことを考えてしまう。僕は本当に動物が好きなのだとつくづく思う。

ようやくエレベーターが到着し、扉が開いた。中には誰もいなかった。

「はぁ、やっと帰れる」

一人っきりの空間になり、思わずため息が漏れた。ボタンを押して、右肩をエレベーターの壁にもたせ掛けた。扉がゆっくりと閉まろうとした瞬間、ガンという音がして全ての動きが止まった。

「えっ、何?」

僕の目の前に、信じられない光景が映っていた。エレベーターの扉の間に、赤いバッグが挟まれていたからだ。ゆっくりと扉が開くと、目の前に息を切らせた福島ちづるが現れた。

「よかったぁ、間に合ったぁ」

彼女はハァ、ハァと荒い息を吐きながら、僕の隣に並んだ。どうやら全速力でここまで走ってきたようだ。彼女が閉まるのボタンを押すと、狭い空間に二人だけになった。

「ごめんなさいね、驚かせちゃって」

「いえ……別に」

「木田くんって、木田動物園の園長さんなんですってね」

「まぁ……そうですけど」

極力、不愛想に答えた。彼女とは関わり合いたくないからだ。それでも福島ちづるは、笑顔を交えながら話しかけてきた。

「私もね、動物大好きなの」

「そう、ですか」

「自宅にね、猫がいるの」

「……そう、ですか」

相槌を打つことだけを繰り返しても、彼女は僕との会話を止めようとしなかった。動物が好きだというのは、意外な気がした。てっきり男にしか興味がないと思っていたからだ。

あっという間に扉が開き、出口に出た。外に出ると海に近いからか、夜風が冷たく感じた。

「どうやって帰るの？」

「タクシーです」

「そう。私、車なんだけど、途中まで送っていくわ」

「いいですよ。ここからそんなに遠くないんで」

「遠慮しないで、同級生同士なんだから」

結局、強引に車で送られることになった。気まずい空気になったらどうしようと思ったが、車の中でも彼女は饒舌だった。

「動物園で働いてるなんて素敵ね」

「そうですか」

「そうよ。毎日動物と一緒にいられるじゃない」

「まあ、そうですね」

「人間と関わらなくていいんだもの。最高じゃない」

「はぁ」

「人間より動物の方がピュアだし、裏切ることもないし。人間なんて信用できないじゃない」

「……」

相槌を打つかどうか迷った。そうなると、同じ意見だと認めたことになる。彼女と友達になる気もないし、これ以上関わりたくない。このままダンマリを決めこもうとした、まさにその時だった。

「私、人間が嫌いなのかもしれない」

「えっ？」

さらりと言った彼女の言葉の意味が分からず、思わず聞き返していた。

「なんてね」

福島ちづるは舌をペロリと出して笑った。

「それって、どういう意味ですか」

ダンマリを決めこもうとしたが、次の瞬間には話しかけていた。何だか不思議な感覚がした。

「いいの、何でもないの。ごめんね、変なこと言って」

そう切り返されると、こっちも何も言えなくなる。まあ、いいか。別に彼女とは、車を降りれば無関係になるのだから。

「何か、同級生と話すと本心が出るっていうか、少しだけ気持ちが緩くなるみたい。不思議よね、何年も会ってないのに」

その気持ちは分かる気がした。同じクラスで同じ勉強をしていたというだけで、心に壁がない気持ちがしてしまう。最終的には、心を許してしまうのだろう。

「どうして人間同士が集まると、こうもうまくいかないのかしら。やんなっちゃうわよね。木田君だってそう思わない？」

「はぁ」

返答に困っていると、福島ちづるは苦笑いを浮かべながら言った。

「やだ、私ったら、またこんな話しちゃった。ごめんなさい、忘れてください」

どうやら人間関係で悩みがあるらしい。福島グループという大企業の社長ともなると、六十代くらいの堅物と付き合わなければならないだろう。気苦労が多いことは、容易に想像がつく。

「もっと木田君の話を聞きたかったのに……あっ、あの先の角を曲がればいいんだっけ」

目的の場所のすぐ近くまで来ていた。横浜駅にあるロータリーで降ろしてくれと頼んでいた。路肩に車を寄せるとブレーキを掛けた。

「どうも、ありがとうございました」

僕は車を降りて、ドア越しに挨拶をした。

「話、聞いてくれてありがとう。それじゃあ、また」

福島ちづるは僕の言葉に応えるように、小さく手を振った。口元には、笑みを浮かべている。僕がドアを閉めると、福島ちづるは再び前を向いてエンジンをかけた。そして再び僕の方を見ると、もう一度軽く会釈をした。アクセルを踏んで車をゆっくりと前進させた。彼女の体が視界からいなくなった瞬間、なぜだろう、僕は反射的に窓ガラスを叩いていた。

福島ちづるは慌てた様子で車を止めると、窓ガラスを開けた。

「どうしたの?」

「あの……さ、あの、よかったら話聞くけど」

「えっ?」

「って言うか、動物が好きだって言ってたでしょ。その話、もっとしたいなって」

福島ちづるの顔に笑顔が広がっていた。矛盾してるかもしれないが、この時どうして彼女を呼び止めたのか自分でも理解できなかった。本能的に、ここで彼女と話をしたいという気持ちに駆られたのは間違いなかった。

それから僕たちは、連絡先を交換した。とはいえ、僕は動物園のことで手一杯で、直接会って食事をするというのはほとんどできなかった。というのも午前中は融資先を見つけるための営業をし、午後には動物園で夜までフルに働いて家に帰る。自宅に帰れる日はいいのだが、帰れないと事務所のソファに寝て一夜を過ごす。体を丸める体勢で寝るので、首と腰が痛いのを堪えなければならない。人手不足が続いているため、自宅にも帰れない日々が続いている。このルーティーンが既に出来上がっていて、自分の時間を作ることが難しくなっていた。自宅に帰れた時も、疲れ切った状態なので、すぐに眠気が襲ってくる。とてもじゃないが誰かと話をしようという気分にはなれなかった。だが一方の福島ちづるの方も多忙のようで、お互いのスケジュールを合わせるのは月に一回ぐらいが限界だった。こうなると当然のごとく、我々のコミュニケーションはメールがほとんどになっていた。朝起きるとちづるからの着信があり、それに返信をするというのを繰り返していた。

ちづるは、自らの辛い過去を話してくれた。男性に騙されたことがあることや、上司との関係がうまくいっておらず孤立していることなど、感情を織り交ぜながら話してくれた。僕がじっくりと話を聞いてくれることが嬉しいようだった。だから、数珠つなぎのように出てくる彼女の話を、じっくり聞いてあげた。

それに応えるように、僕は動物の生態を話してあげた。例えば、キリンは土を食べてミネラルを摂取するとか、ペットとして飼えるんだとかいう雑学的な話をした。そんな話を喜ぶ人などめったにいないし、ふつうの女子にはウケるはずがない。それを彼女は目を丸くしながら驚いたり、笑顔を見せてくれたりと、様々な反応を見せながら喜んで聞いてくれた。それが嬉しくて、普段無口な僕もいつの間にか饒舌になっていった。

ちづると親睦を深めていくうちに、あることを思いついてしまった。それは動物園を救う唯一の方法かもしれないと確信してしまったのだ。それは、彼女にスポンサーになってもらうことだった。仮に彼女に事情を説明したとしたら、それ目当てで近づいたと思われてしまうかもしれない。そうなると、ちづるの心は僕から離れていくことも考えられる。それはマズいと思った。それでも、何か諦めきれず何かないかと思案した。僕はまず彼女の経歴や、どのような会社を経営しているかを調べることから始めた。その結果、ちづるには叔父がいて、それが福島誠だということが分かった。さらに調べていくと、あのホタル旅館のプロデューサーだということを知った。ホタル旅館といえば、少し前にマスコミで話題になった名旅館だ。この旅館は予約が取れないと話題で、噂によれば三年後までの予約が埋まっているという人気の宿だ。

スポンサー探しも気づけば五か月以上が経とうとしていた。つい二日前になるが兄と電話で話をした。兄は相変わらずスポンサーが見つかったかという心配より、売却をすることにしか関心がなかった。

僕の心の中で何かが弾けた。福島氏に直接連絡をしてみようと思った。一か八か、スポンサーの件を直談判してみよう。全ての望みをこれに賭けてみよう。

数日後、福島誠の自宅の電話番号を調べた。有名な人物なので、自宅の場所が鎌倉だということもすぐに分かった。受話器を持つと、ボタンを押す手が何度も止まった。不審な電話として処理されてしまえば、失敗に終わる。現時点で、その可能性は九十九パーセントだと自覚はしていた。でも、残りの一パーセントに今は賭けるしかないのだ。そう自分を奮い立たせると、受話器を手に取った。

「もしもし」

電話の相手は女性だった。

「あの、福島誠さんはいらっしゃいますでしょうか」

「失礼ですが、どちら様でしょうか？」

「私は、その……福島ちづるさんと近しいものです。こんな電話をかけて失礼だと承知なのですが、よろしければ、その……その、福島誠さんと話がしたいのですが、代わっていただけないでしょうか？」

僕はつり橋を渡るように、慎重に言葉を選んで話をした。嘘をつけばすぐにバレるし、正直に話さなければ相手の怒りを買うことになりかねない。

「はぁ……少々お待ちください」

保留中の音楽が耳元で鳴り続けている間、カラカラになった喉を潤すように唾を何度も飲み込んだ。しばらくして、男性の低い声が聞こえた。

「もしもし」

「あの、私は、その……」

緊張のあまりどこから話していいか分からなくなり、声が詰まってしまった。

「君は、ちづるとどういった関係なのか」

低くてドスの利いた声が、耳の中に響いた。このまま受話器を置いてしまいたいという衝動に駆られた。震える右手を左手で抑えながら、勇気を振り絞って話を続けた。

「ちづるさんとはその……その、親しくさせてもらっていて、それでですね……」

「私に何の用かね」

福島さんは至って冷静だった。相手が冷静であればあるほど、僕の方が焦ってしまう。

「あの、ですね……その、一度お会いしたいと思ってまして、お時間いただけないでしょうか？」

しまったと、心の中で舌打ちした。まずこういう時は、こちらの状況を説明するのが先だろう。何の説明もしないまま、ただ会おうなんて言われても相手は面食らうだけじゃないか。相手は有名なオーシャンホテルの会長なのだ。こんな無礼な電話を許すわけない。もうダメかと観念した瞬間、相手から意外な言葉が返ってきた。

「じゃあ一度、私の家に来なさい。そこで改めて話を聞こう」

「あっ、ありがとうございます！」

失礼しますと言って電話を切ると、胸の鼓動がしばらく鳴り止まなかった。そして、どっと体から力が抜けていった。何とか福島さんとのアポを取り付けることができた。まずは第一関門突破だった。

そして約束の日時になり、福島さんの自宅がある鎌倉へと向かった。同窓会で着たシャツとスーツに身を包んだのだが、車だけは動物園で使用しているワゴン車に乗らなければならなくなった。自家用車が運悪く、車検に出さなければならなくなったからだ。『木田動物園』と車体に描かれている車にスーツ姿の僕はどう見ても不似合いだったが、この際そんなことも言っていられなかった。

福島宅の前に車を止め、門まで続く階段を上っていった。心臓がバクバクと音を立てている。何度も深呼吸を繰り返すが、この緊張感は止まりそうにもなかった。

階段を上りきると、門の横にあるチャイムのボタンを押した。その指先が微かに震えた。玄関から門は五メートルほど離れているだろうか。緑の林の中にレンガ造りの建物がマッチしている、立派な造りの建物だった。

しばらくして玄関の扉が開き、中から茶色のガウンを着た初老の男性が出てきた。浅黒い皮膚の上に切りそろえられた口ひげが兎に角目を引いた。吊り目をしているので、ひと言で表現するなら『怖い』という単語が真っ先に浮かんだ。

「初めまして。木田亮介と申します」

ここは初めが肝心だと思った。とにかく丁寧な対応をしようと、頭が地面に着くんじゃないかというぐらい深々と頭を下げた。

「入りなさい」

福島さんは無表情でそう言うと、さっさと中に入っていってしまった。

「失礼します」

門を開けて中に入り、玄関へと向かった。そして福島さんの書斎へと案内された。仕事中だったのか、机の上には書類が散乱していた。

「申し訳ないが仕事が片付かなくてね。こんな場所で済まないがどうか了承してくれ」

「いえ、とんでもないです。私の方こそ無理やり伺ってしまってすみませんでした」

僕はもう一度、深々と頭を下げた。

「どうぞ、座って」

目の前に勧められた丸椅子に座ると、腰から下の筋肉の緊張が解けていくのが分かった。自分でも想像以上に緊張していたのだと、改めて感じた。

「それで、君がここに来た理由を説明してくれ」

思わず生唾を飲み込んだ。福島さんは両手と両足をそれぞれ組み、背中を背もたれに持たせかかりながらこっちを見つめている。その姿は極道とまではいかないが、黙っているだけでも恐怖を感じさせた。

そうは言っても、怖じ気づいてはいられない。ここまで来たら突っ走るしかない。そう腹をくくると、これまでの話を正直に話した。両親や兄のことは悪く言うと心証を悪くするので、会社の都合で泣く泣く動物園を手放さなければならないことを伝えた。

福島さんは体の前で手を組みながら、僕の話を最後まで聞いていた。

「なるほどね。君の言い分は分かった。今度はこっちから質問させてくれ」

「はい」

生唾をゴクリと飲み込んだ。ここからが本番だ。

「君は、金目当てでちづるに近づいたのか」

「いえ、違います。決してそんなつもりはありません」

「だって、付き合って間もないんだろ」

「……調べたんですか、私のこと」

福島さんは背もたれから体を起こすと、冷たい表情のまま僕の方に顔を近づけた。

「君の家族のことも、会社のことも全てね。私はね、君の父上のような経営の仕方は嫌いだね」

「……と言いますと」

「ドンブリ勘定的な仕事の仕方は危ないよ。うまく取り繕ってもいつかはボロが出るはずだ。君の兄上は野球のオーナーになろうとしてるんだろ」

そこまで知っているとは。正直、僕は面食らっていた。と同時に、福島という男の情報収集力に圧倒されていた。

「どうしてそれを知ってるんですか？」

「銀行には知り合いがたくさんいるんだよ。頼めばみんな話してくれるさ」

「それって、違反じゃないですか」

「違反？　私クラスになるとね、そんなの常識なんだよ。情報は武器にもなるし、盾にもなるからね」

僕とは格が違うと言いたいのだろうか。

「君のお兄さんも大変な人だね。次々と女を替えては結婚に失敗して。私はね、そういうだらしない男が大嫌いなんだよ。そういう男に限って楽に仕事を進めたがるもんだ」

何もかも図星だった。僕はただ、福島氏の話を黙って聞いていることしかできなかった。

「君だってそうだよ。動物園の園長なんだから、もっと知恵を絞って考えないからダメなんだよ」

僕は、唇を噛んだ。だが、不思議なことに痛さは全く感じなかった。

「他力本願じゃ、この先やってけないぞ」

「いや、でも……」

こっちだって客足が遠退いている動物園を、ただ突っ立って見ていたわけじゃない。節約だってしてきたし、園内の修復は全部自分でしてきた。僕自身、ここ数年はほぼ無給で仕事をしてきた。なのに、この言われようはないんじゃないか。

「何だ、言いたいことがあったら言いなさい」

言葉に詰まっていると、福島さんはとどめを刺すような言葉を投げつけてきた。

「経営者ってのはね、常に先を見通せるようなイマジネーションが必要なんだよ。君にはそれが欠けているようだね。それができないようじゃ、園長にはふさわしくないよ。動物園なんて、どこかに売り払ったほうがいいんじゃないのか」

　何も言い返せなかった。事実を突きつけられて、ただうつむくことだけしかできなかった。それが余計に福島さんの怒りを買ったのかもしれない。曖昧な態度に業を煮やしたようで、苛立った様子で言った。

「もういい。これ以上君と話すことは何もない。帰ってくれ」

　そう言い放つと、一方的に部屋を出ていってしまった。唖然としてしばらくその場を動けなかった。こんなボロクソに叩かれるとは想像もしていなかった。最後のチャンスを逃してしまったという、落胆が強いのもある。もうこれで終わりだ。福島氏の言うように、動物園も手放すしかないのだろうか。

　口からため息が漏れた。でもまだ話は終わっていない。福島さんに、最後のお願いをしておかなければならない。廊下に出ると福島さんが目の前の部屋に入っていくところに出くわした。

「あの……」

　福島さんは僕に気づくことなく、中に入ってしまった。

「蛇の部屋……」

　その部屋には『蛇の部屋』と書かれた看板が掛かっていた。扉をノックしてからドアを開けた。

「うわぁ、すげぇ」

目の前の光景を、今まで見たことがなかった。こんなに多くの蛇を一度に見られるなんて、動物園を経営していても初めての経験だった。

「何だ？　まだ用があるのか」

福島さんはこちらを振り向くことなく、蛇のケージの蓋を開けている。

「あ、あの……あの、一つだけお願いがあります。彼女には、ちづるさんには、このことは言わないでもらえますか？」

福島さんは返事をせず、しかも振り向きもせずに目の前のケージの中だけを見つめていた。

「よ、よろしくお願いします！」

頭を下げドアを閉めると、靴を履いて逃げるように外に出た。階段を素早く下りていき、飛び乗るように車の中に入った。

「……クソォ！」

ハンドルを拳で思いっきり叩いたら、車の側を通っていた女性と目が合った。二十代ぐらいに思えたその女性は、買い物帰りだろうか、左手にはビニール袋を持っていた。僕のハンドルを叩く音に驚いたのだろう、見てはいけないものを見てしまったかのようにそそくさと去っていった。

絶望した気分のまま、車のエンジンをかけた。ここに賭けていたから、ショックが大きかった。やっぱり、ここに来たのが間違いだったのだ。淡い期待を持ったことを後悔した。人格を否定されて家族まで侮辱されて、おまけに園長失格の烙印を押されたのだ。確かに、僕は園長には向いていないかもしれない。営業もろくにできないし、企画を打ち出すことも下手だ。だけど、動物を愛する気持ちだけは誰にも負けていないと思っている。動物たちのために嫌いな人間たちに頭を下げて、動物園の存続を守ろうとしているではないか。

やるせない気持ちのまま動物園に戻り、作業服に着替えた。園内を歩いてでもどうしても仕事をする気が起きなかった。気がつけばハナの檻の前にいた。

「ハナ！」

檻の中のハナに向かって大きく手を振った。ハナは僕に気づくと、ゆっくりと近づきながら長い鼻を上下に振って挨拶してくれた。大好きな水浴びも満足にさせてやれないのに、好意を向けてくれるハナが愛おしく思えた。

「ごめんな、ハナ」

ため息をつくようにつぶやいた。もういくら頑張っても、スポンサーが取れる可能性はゼロに近かった。動物に満足に食事もさせてあげられない動物園が、どうやって客を満足させることができるのだろう。どこかよそで引き取ってもらえば、おなかいっぱい餌を食べることができるはずだ。その方が彼らにとっても幸せなことなのかもしれない。思い切ってここを閉園した方が、動物たちが幸せになる第一歩なのだろうか。動物園を手放したくないというのは、僕のエゴでしかないのだ。この先の僕の仕事は、動物たちが幸せに暮らせる空間を作ることだ。でも一方で、今までの努力が水の泡になることが悔しく思えた……心の中はまとまることなく、揺らいでいた。

「もう、ダメか……」

やがて目の前の視界が次第にぼんやりとしはじめた。気がつくと、涙がとめどなく頬を伝って流れていた。完敗だった。完全に僕の負けだ。僕は、いつまで経っても兄には勝てない負け犬なのだ。

「ねえ、ママ、みて。ゾウさんが、ながいハナをふってるよ」

三メートルほど先で、幼稚園ぐらいの女の子が母親と一緒にハナを見つめていた。母親も嬉しそうに子供の声に答えている。

「象さん大きいねぇ。のぞみちゃんもご飯たくさん食べて、象さんみたいに大きくなろうね」

「うん！」

娘は母親に向かって笑顔でそう答えた。それは、この動物園で何度も繰り返されてきた光景だった。この景色を眺めるだけで幸せな気分になる。それが一生続くと思っていたのに……。

「また来ようね」

「ゾウさん、バイバイ！」

女の子は、笑顔でハナに手を振っている。母親は女の子の手を取ると、ゆっくりと歩いていった。

去っていく親子の姿を、涙を拭くことなく見送った。

「ハナ……お前も泣いてるのか」

気のせいかもしれないが、ハナの目が潤んでいるように見えた。それに加えてさっきから鼻をバタつかせて、何かを訴えているように見えた。それは僕に対して泣かないでと言っているように感じた。そのとたん僕の涙腺は抑えられなくなっていた。

「ハナ……ごめんな……許してくれ」

自分への嫌悪感でいっぱいだった。どうして彼らを救ってやれないのか。他に方法はないのか。でも何も浮かばなかった。何もできない自分をただ呪うことしかできなかった。

「ごめんな……本当にごめんな……」

泣きながらどのくらいそうやっていただろう。気がつくとポケットの中で携帯が鳴っていた。

「もしもし、私だけど」

ちづるからだった。ドキリとした。まさか福島さんが僕のことを話したのだろうか。

「今から会えないかな」

「えっ、今からか」

「ダメかな」

いつもならここで断っていたかもしれない。でも、ちづるが誘うわけを知りたかった。

「いいよ。今どこにいるの」

「今は、自宅よ」

「じゃあ、そっちに行くよ」

涙を拭いて歩き出した。ちづるは、みなとみらいの高級マンションに住んでいる。しかも住んでいる場所は、最上階だ。教えてもらった暗証番号を押して、中に入るとエレベーターに乗った。本日二度目のこの緊張感に、僕の心臓は耐えられるだろうか。恐らく、彼女は全てを知っているのだろう。でなければ、呼び出したりはしないはずだ。

飛び出しそうな心臓の場所を右手で押さえながら、チャイムを押した。

だが、全ては杞憂に終わった。ちづるの様子は、予想していたものとは全く違っていた。むしろ、笑顔で僕のことを迎えてくれた。

「ごめんなさいね、呼び立てちゃって」

ちづるは、白いシャツとジーンズといった、ラフな格好をしていた。スタイルが良いせいで、普段着の彼女もカッコよく感じられる。彼女の自宅を訪れたのはこれが初めてだった。

「そこに座って」

リビングの椅子に座るように促された。とても広いリビングで、ここだけでも十五畳はあるだろうか。

「すごい見晴らしがいいんだね」

窓の外には横浜港が広がっていた。夜になると綺麗な夜景が見られることは容易に想像できた。

「夜勤明け？」

僕の顔を見て唐突にそう言った。ちづるの一挙手一投足にビクビクしていて、思わず真顔で聞き返していた。

「えっ、何？　どういう意味」

「やだ、そんなに真剣にならなくていいでしょ。目が赤いし、腫れぼったいからそう聞いただけよ」

「ま、まあ、そうなんだ。このところ忙しくてね」

「そうなんだ。ごめんなさい。それだったら言ってくれたらよかったのに。無理やり来させちゃったみたいね」

「いや、いいんだ」

ちづるが用意してくれたビールを飲んだ。心地よい酔いが体の中をめぐっていく。

「こっちもね、今日は大変だったのよ。例の意地悪な重役いるでしょ？　菊池ってやつなんだけど……」

よほど頭に来るのか、さっそくいつもの愚痴をこぼし始めた。どうやら福島さんは彼女に何も話してないようだ。とりあえずホッと胸をなでおろした。

「菊池のやつ、今日も会議でね……」

ちづるの愚痴はやまずに続いている。だが、彼女の話をほとんど聞いてはいなかった。

それよりも、この世の中が不公平だということについて頭がいっぱいになっていた。同じ二世という立場で、一方は独り暮らしでこんな豪華な生活をしているのに、こっちは実家ぐらしで給料もほとんどない。ちづるは会社の社長になり、こっちは動物園の園長だ。雲泥の格差だ。今日行った、鎌倉の福島さんの自宅は凄く立派な邸宅だったし、お手伝いさんもいる。しかも、蛇を自宅で飼うような贅沢な生活をしている。ちづるだって会社でうまくいっていないと話しているが、そんな話は僕の悩みに比べたら大したことはない。

僕の中で、怒りと嫉妬がごちゃまぜになって湧き上がってきていた。

「ねえ、これ見て」

ちづるは携帯の画面を差し出した。そこには小学生くらいの男の子が写っていた。

「兄の子供よ。今日、写真を送ってくれたの。かわいいでしょ」

「へー」

「でも、もうすぐ兄さんになるの」

「へー……そうなんだ……」

いい加減な返事が癇に障ったのか、ちづるは怪訝そうに言った。

「ねえ、やっぱり疲れてるでしょ？」

「う、うん。ちょっとな」

「じゃあ、そこで寝ていいわよ。そこのソファはベッドみたいに平たくなるから」

後ろに置いてあるソファを指さした。

「あっ、いや、いい……ごめん、もう帰るわ」

このまま、この自宅には居ることはできない。というより、居たくはなかった。僕は、早く帰るためにとても疲れていることを強調した。

「そう……分かった。こっちも悪かったわ。こんな時間に呼び立てちゃって」

残念そうなその様子からは、何かを期待していたようにも思えた。

足早にマンションを出ると、急いで自宅へと戻った。そしてパソコンを開くと『蛇種類』と検索した。あるサイトをクリックすると、珍しい蛇の写真が何種類も出てきた。福島邸で見たあの巨大蛇の姿を思い出していた。あれはオオアナコンダだろうか。いやオオアナコンダはあんなに模様がはっきりしていないはずだ。あの蛇は、黒い丸がいくつも連なっていたように思えた。地の色は茶色だったから、だとするとニシキヘビだろうか。それに、ケージの数も尋常じゃなく多かった。ざっと見て三十以上はあっただろう。あの部屋は、蛇用に部屋を改造し空調設備を整えているはずだ。だとしたら、改造費だけでも相当な額を注ぎこんでいることになる。毎日の電気料金も相当な額だろう。蛇は自分で体温調整をできないから、室内の温度管理が非常に大切になる。もちろん餌代もかなりの額になるはずだ。

「金があるんじゃないか」

自然とそうつぶやいていた。あれだけ成功しておいて、目の前にいる弱者を助けないのはどういうことだろう。あれだけ細かく僕ら家族のことを調べたのだから、僕の立場だって理解してくれたっていいじゃないか。

僕の中で人を馬鹿にした福島氏の態度が、どうしても許せなくなっていた。そうしているうちに、あることを思いついてしまった。それはあの巨大蛇を使って福島さんを事故死にみせかけて殺すというものだ。うまくいけば、警察はその後の捜査はしないだろう。邪魔者がいなくなったら、ちづると結婚をする。そうすれば、彼女に動物園を守ってもらえるはずだ。ちづるは僕にベタボレなのだから、きっと救ってくれるに違いない。自然と笑みが顔に浮かんだ。

やっと動物たちを救える方法が見つかった。

それから二週間ほどかけて、福島邸の周辺などを調査した。まずは防犯カメラが何台あるかを調べると玄関だけしかないことが分かった。それ以上に力を入れているのが、自宅周辺を取り囲んでいる鉄柵だった。その高さは二メートルあり、しかも表面を滑りやすくする特殊な加工を施している。簡単には上れない構造になっているので、玄関だけにカメラを設置しているようだ。それに鉄柵の上には、電気柵のワイヤーが伸びている。柵の上に到達しても、電気柵に触れなければ乗り越えられない設計になっている。つまり、電流を体に浴びなければならないし、それに耐えられる生物にはこの世にはいない。完全に侵入者のやる気をそぐ構造になっている。

一見すると完璧な防御策だと思われるが、こういった防御壁を作っている家は、中の防犯は手薄になっている可能性が高い。絶対に侵入できるはずがないという過信が生まれるからだ。僕は、そこに賭けてみることにした。周囲を入念に調べた結果、裏手にある階段のフェンスが簡易になっているのに気づいた。そして、敷地内のフェンスもなぜか強固なものから簡易なものへと切り替わっていた。つまり、階段側の簡易フェンスから敷地内のフェンスに移ることが可能なのだということに気づいた。何とか人目のつかない場所に移動し、鉄の網をペンチで体が入るぐらいの大きさに切れば、中に侵入できるはずだ。問題は下には崖があって岩がむき出しになっていることだ。その崖は五メートル以上ある。誤って落ちると命はないだろう。でもこの屋敷に入る方法はこれしかなかった。自分自身が見つけた可能性に賭けてみることにした。

さっそく計画を実行に移すことにした。まずは、実際に計画が遂行できるかどうかを検討しなければならない。決行の時間は深夜一時と決めた。車で現場に到着すると、暗闇と静寂が周囲を包み込んでいた。人通りは全くなく、車が通る気配もない。福島邸の裏手には住宅が何軒かあるが、どの家も全く電気がついていなかった。街灯はあるのだが、ついたり消えたりを続けていてとても弱い光になっている。

「よし、行こう」

小声で自分自身に気合いを入れてから、階段を目指して歩いた。厚手の手袋を両手に嵌めた。そして階段側の鉄柵をまたぐと、敷地側のフェンスへと移動した。

「あぶねぇ」

飛び移った瞬間、右手は網を摑めたのだが左手が指の先にしか引っかからずに、危うく落ちそうになった。何とか体勢を整えると、フェンスに手をかけた状態のまま左横に移動をした。下を見ると怖いので、目の前の金網を摑むことだけに集中しながら横に動いていく。厚手の手袋をしているのだが、針金が手の関節に食い込んで痛い。次第に手が痺れて何度も手の指が金網から外れそうになった。

「くそぉ、負けねえぞ」

ここで落ちたら一巻の終わりだ。自分が死んだら、動物たちの行く末も守れなくなる。

「負けねぇ……絶対、負けねえぞ……」

痺れと痛さで感覚のなくなっている手を鼓舞するように、気合いを入れ続けた。痛さと闘いながら、簡易フェンスを乗り越えることができた。

「やったぁ！　やったぞ！」

仰向けになって、子供のように喜んだ。ずっとぶら下がっていたので、両腕がちぎれるくらい痛かった。とてもじゃないがすぐには立ち上がることができず、しばらく仰向けになっていた。どのくらいそこで横になっていただろうか、手が普通の感覚になってきたところでゆっくりと立ち上がった。すぐに目についたのは、闇夜の中に浮かび上がった大きな屋敷だった。ここから芝生のある庭までは雑草が生い茂っているが、斜面になっているので気を付けて下りなければならない。

屋敷を目指してゆっくりと慎重に歩いていくが、雑草をかき分ける音がやけに大きく聞こえた。もしこの茂みの中に音の出る防犯装置か何かあったとしたら、一巻の終わりだ。

緊張が足を動かすことを制御しているようで、一歩を踏み出すのが遅くなる。そのせいで少しも前に進んでいるように思えなかった。しかも額からは大粒の汗が頬を伝い目に染みて痛いし、何度も転びそうになってそれを阻止する足の筋肉が痛かった。

「ハァ……やっと着いた」

無事、何事もなく庭までたどり着くことができた。どうやら敷地内の警備が手薄という勘は当たっていたようだ。それでもまだ油断はできない。平坦な芝の上だけど、何かが仕掛けられているかもしれない。前後左右にレーザーセンサーが張り巡らされているとか、あながちありえなくもなかった。更に緊張感を切らすことなく、慎重な足取りを保ちながら屋敷の方へと歩み続けた。

どのくらいの時間を費やしたのだろう。気づいたら、浴室の窓へとたどり着いていた。この窓はルーバー窓になっていて、長さが三十センチ、幅が十センチのガラスの板が、上から十枚ほど並べて据え付けられている。一般家庭でよく見られる窓ガラスだが、ガラス板は簡単に外すことができる。ガラス板を外せば、そこから中に侵入できてしまうのだ。窓ガラスをガードする鉄格子が取り付けられているが、これはドライバーがあれば簡単に外せる。ゆっくりと慎重に鉄格子とガラス板を外していき、無事に中へと侵入することができた。

浴室から出ると廊下を横切ってリビングへと入った。床が軋む音が大きな音に聞こえる。もしかしたらヤツが起きてきて、急に電気がつくかもしれない。そうなったら一目散に玄関から逃げよう。そんなことを考えながら、リビングの扉を開けて廊下に出た。左を向くと書斎がある。そこでヤツは就寝中だ。

目的の部屋は蛇の部屋だ。ノブを回して中に入り電気を点けると、改めて蛇を観察した。僕の人生の中で、こんな多くの種類の蛇を一度に見たことがなかった。ここで長居はできないと分かっていながらも、立ち止まって蛇たちに見入ってしまう。南米や東南アジアなどから取り寄せたのだろう、カラフルで珍しい蛇たちを前に、完全に心を奪われてしまっていた。

「これは……アミメニシキヘビだったのか」

奥の檻の中の蛇を改めて見ると、アミメニシキヘビがとぐろを巻いて眠っていた。この蛇は毒は持っていないが、この大きさであれば獲物のほとんどが締め付けられることで窒息死するはずだ。

「……あれ？」

蛇の様子が少し変だ。さっきから全く動こうとしないし、蛇の体中に皮が残っていたからだ。この蛇は脱皮不全を起こしていた。側にあった蛇取り棒で蛇を突いたが、反応がほとんどなかった。普通、外敵からの攻撃を嫌がる蛇は、体を避けたりして何らかの反応をするはずだ。この蛇の反応から察するに、病気なのかもしれない。だとするとこの蛇が人を襲う可能性は格段に低くなる。

「まいったな」

思わぬ誤算だった。蛇がヤツに噛みついてくれないと意味がない。ふと顔を上げた視線の先に、Ａ４の大学ノートが目についた。ノートの表紙には『蛇の観察ノート』と書かれてあった。

「すごいな」

パラパラとページをめくると、蛇の特徴や餌をあげた日にちと時間までが、克明に記録されていた。

「やっぱりそうか」

アミメニシキヘビの欄を見ると、『体調悪い、近日中に医者に連絡』と書かれていた。ヤツも蛇の変化には気づいていたらしい。それに、このノートは決行の日に盗まなければならない。こんなに詳細に記録されていては、そこから足がつく可能性がある。ノートを同じ場所に戻すと、今度は階段を上って二階へと向かった。ヤツは一人暮らしなので二階は誰もいないはずだ。でも、念のため確かめておこうと思った。二階に行き部屋の扉を開けたが、全て物置小屋状態になっていた。これだけ物があふれているということは、二階にはほとんど来ないのだろう。

時計を見ると午前四時になろうとしていた。今日は一旦戻り、改めて作戦を練ることにした。何の痕跡も残さないように気を付けながら屋敷の外へ出た。急いで車に戻り、すぐに車のエンジンをかけた。

車を走らせながら、何か打開策がないか思いを巡らせた。当のアミメニシキヘビがヤツを襲わなければ、今回の計画の全てが破綻してしまう。それは動物園を売却することを意味する。こんな夜中に屋敷にまで侵入したのだ、出来れば遂行したい。もう、僕の気持ちが後戻りできそうになかった。

「……あっ、そうか」

うちにもオオアナコンダという巨大蛇がいたではないか。アミメニシキヘビの代わりに、オオアナコンダを使ってヤツを襲わせることはできないだろうか。無謀なことだとは十分理解していた。でも、今はその他の方法は思い浮かばなかった。その詳細はこうだった。木田動物園にいるオオアナコンダを連れ出し、福島邸の蛇の部屋に置く。オオアナコンダがヤツを襲った後、オオアナコンダを回収しアミメニシキヘビを檻の外に出しておく。つまり、アミメニシキヘビがヤツを襲わせたように見せかけるのだ。素人は、アミメニシキヘビが人を襲ったと錯覚するはずだ。

「よし、やるしかない」

蛇を園内から持ち出すことに不安がないわけではなかった。でももう前に進むことしかできなかった。

それから約一週間後、本番当日の深夜二時頃、再び同じルートで屋敷に侵入した。今回は、背中にオオアナコンダの入ったリュックを背負わなければならなかった。体重が二十キロはあるので、柵を握る手がちぎれるぐらいに痛かった。何度も手が滑りそうになり危なかったが、やっとの思いで屋敷に入り蛇の部屋まで侵入することができた。

蛇の部屋に入りリュックの中のオオアナコンダを放った。オオアナコンダは、寝ていたのか動きが鈍く首を左右に動かしてゆっくりと動き出した。急いで部屋から出ると、僕は二階へと移動した。手前の部屋に入り、タンスの中に身を隠した。ここまでは、僕が頭に描いていたシナリオ通りに全てが順調に動いていた。あとは、オオアナコンダがうまく襲ってくれるのを待つだけだ。そんなことを考えているうちに、睡魔が私の体を包み込んでいた。


どのくらい時間が経ったのだろうか。僕は、下の階の物音で目が覚めた。

「ついにやったか」

タンスの扉を開き、リュックの中からヘルメットを取り出して被った。右手に麻酔銃を持つと、ゆっくりと階段を下りていった。あの音は、人の叫び声だったはずだ。寝ぼけていたせいで、ハッキリと聞き取れなかったがはたしてどうなのか。心臓がバクパクと音を立てていた。とうとう、この瞬間がやってきたのだ。この時想像していたのは、部屋の中でヤツの死体の隣をオオアナコンダがうごめいているというものだった。

だが、廊下に下りた瞬間に見たその光景は、僕の想像とは全く違うものだった。

「えっ、嘘だろ」

部屋を覗くと、床にはヤツの遺体が横たわっていた。だが、肝心のオオアナコンダの姿はどこにもなかった。蛇の部屋を出ると、まずは寝室へと向かった。寝室の扉は開いていた。

「嘘だろ」

寝室の中にも蛇はいなかった。まるでイリュージョンのように、オオアナコンダが忽然と消えてしまった。

「おい、おい、おい、マジかよ。どこに消えたんだよ」

まるで手品に失敗した手品師のように、パニックに陥っていた。だがこれは、手品でも何でもなく現実に蛇が消えたのだ。

「あっ！　もしかして」

浴室へと駆け込んだ。ルーバー窓が開いていたことを忘れていた。この間はきっちりとドアを閉めたが今日は閉め忘れたのかもしれない。

「あれ？　……閉まってるな」

浴室のドアは閉まっていた。だが、浴槽の扉は開いていた。もしかすると、浴室の扉を閉め忘れていて、風で扉が自然と閉まったのだろうか。僕は一階のみならず、二階にも駆け上がって隅々まで見回した。だが、オオアナコンダの姿はどこにも見当たらなかった。

「えーっ、マジかよ。どこ行ったんだよ」

想定外の事態に、僕は動揺していた。まさか、蛇がいなくなるなんて考えてもいなかった。窓の外を見ると、周辺の木々が風で揺れているのが見えた。後数分もすると、肉眼でも僕の姿が分かるようになるだろう。もう戻らないと誰かに姿を見られてしまうかもしれない。蛇を探している時間は全く残されていなかった。とにかく、一刻も早くここから立ち去らなければならない。

蛇の部屋に急いで戻り、檻の中のアミメニシキヘビを外に出した。蛇は抵抗せずに床に横たわると、すぐにとぐろを巻き始めた。

「ごめんな、こんなことに利用して」

蛇に向かってつぶやいた。いくら蛇とはいえ濡れ衣を着せられるわけで、犯人扱いするのは忍びなかった。

「ヤバいな、急ごう」

部屋から出ると、窓の外の空がほんのりとオレンジ色になりかけていた。転ばないように気を付けながら、駆け足で車がある方へと急いで戻った。車の中に入って鏡を見ると顔中汗だらけで、上着を脱ぐと体中から湯気が出てきた。この汗は冷や汗かそれとも焦りの汗だろうか、一回拭いただけでタオルがびっしょりと濡れた。

「ヤバいな、どうしよう」

ヤバい、ヤバい、ヤバい……車を走らせながらも、頭の中はオオアナコンダのことでいっぱいだった。あんな巨大蛇が民家に出没して住民と鉢合わせになったら……と考えただけでゾッとした。

「落ち着け、落ち着け……」

車を運転しながらも、自ら冷静にならなければと深呼吸を何度も繰り返した。焦っているうちはいいアイディアが浮かばない。冷静な判断は、冷静にならないとできないものだ。

「あっ、そうか、大丈夫だ」

信号待ちをしていた時、安堵感が広がっていくのを感じた。蛇が夜行性だということを思い出したからだ。オオアナコンダは今頃、どこかの茂みに隠れようとしているはずだ。そう信じないといられないし、場所が鎌倉でよかったと心から思う。そうでなかったら今頃どうなっていたか。背筋に冷たいものが落ちる感覚があった。どうか見つからないでくれと心の中で祈りながら、動物園へと車を走らせた。

動物園に到着すると、事務所で職員が集まって何か話をしていた。僕は彼らに声を掛けた。

「どうしたんですか、何かあったんですか？」

「オオアナコンダがいなくなったんです」

上田さんが不安そうに答えた。もっと早くに戻ってくる予定だったから、彼らに見つけられてしまった。万が一のことを考えて、彼らに説明をしておけばよかった。

「いや、ごめん、それ、僕なんだ。実は、ちょっと蛇の調子が良くなさそうでさ、病院に連れていったんだよ」

この嘘でよかったのか不安になりながら、とっさにその場を取り繕うように言った。

「えっ、本当ですか？　どこか悪かったんですか」

上田さんや他の職員も驚いていた。まさか、入院するまで体調が悪いとは思ってもいなかったのだろう。

「詳しいことが分かったら、すぐにみんなに知らせるから」

「そうですか……分かりました」

従業員たちは、一様に安堵の表情を浮かべた。それを見て僕は、ホッと胸をなで下ろした。彼らの様子からして、僕の言葉を信用してくれたみたいだった。この後は何とでもなる。蛇の症状は、思い過ごしだったと言えばいいだけなのだから。

事務所を出ると、いつものように箒を持ってゴミ掃除を始めた。が、やはり落ち着かなかった。オオアナコンダが人の前に現れて襲ったりしたらどうしようか。それればかりが頭の中を駆け巡ってしまう。できれば、今すぐにでも鎌倉に探しに行きたい。でも、それはできない。何故ならば、昼間に探し回っていたら目立ってしまうからだ。ここは、どうか誰にも見つからずに、茂みに隠れていてほしいと願うことしか出来なかった。

「園長、電話です」

事務所の窓の方を振り向くと、アルバイトの女性が僕に向かって大声をあげていた。

「分かった。今、行く」

箒を柱に立てかけると、事務所の中に入っていった。受話器を持った彼女の表情が、こわばっているのに気づいた。

「あのー……警察からです」

「えっ？　警察？」

ドキリとした。胸はドクドクと脈打ち、口の中が急速に渇いていくのが分かった。もしかしてオオアナコンダが見つかってしまったのだろうか。それとも僕の犯行がバレてしまったのか。僕は思わず深呼吸を一つしてから、女性から受話器を受け取った。

「もしもし……」

「鎌倉山警察署の者ですが」

警察の話を聞いていくうちに、僕自身、緊張が解けていくのを感じていた。詳しい内容は言えないが、蛇の処理をしてほしいとの依頼だった。住所を聞くと、福島氏の邸宅だった。まさか、再び同じ場所に向かうなんて。少々面食らったが、犯人は犯行現場に戻るという定説が嘘ではないのだと改めて感じた。

「分かりました。すぐ行きます」

ここで断るわけにもいかず、了承をして電話を切った。

「何だ、警察っていうから驚いちゃいましたよ」

アルバイトの女性はまだ二十歳なので、警察という言葉に免疫ができていないのだろう。女性の表情に笑顔が浮かんでいた。

「じゃあ、僕は出かけてくるから、みんなにもそう伝えておいてくれるかな」

僕は女性にそう伝えてから動物園のトラックに乗ると、鎌倉の福島邸へと向かった。

屋敷の道路には、警察車両が四台ほど連なって止められていた。しかも数人の野次馬が、門の前を覆うように立っていた。僕は車を警察車両から離れた場所に止めて、歩いて門へと向かった。野次馬の人数は約二十人ほどだろうか、子供から老人までが福島邸の方を眺めていた。僕は顔を下に向けて階段を上がった。顔を隠す必要はないのだが、やはり視線が気になってしまう。

「どうも、ごくろうさまです」

上までたどり着くと、制服を着た警察官に声をかけられた。周囲の警察官たちも一斉に僕の方を向いた。会釈をしても、やはり視線を前に向けられなかった。

「こちらです」

警察官の後について、家の中に入っていった。ここで気を付けなければならないのは、僕がこの場所に初めてくる人間だということだ。そのことを、警察官に悟られてはいけないので、周りをキョロキョロと見まわしたりして初訪問者風を装った。

「実は、この中に蛇がいるんです。それが普通の蛇じゃなくて巨大蛇でして……」

警察官は念を押すように詳しくは話せないと断りを入れて、蛇を檻の中に戻してほしいと僕に言った。

「分かりました。一人で大丈夫です。外に出て待っていてください」

「そうですか。では、よろしくお願いします」

警察官は、そそくさと外へと出ていった。警察といえども、蛇に慣れているわけではないので怖いのだろう。僕は一人になり、蛇の部屋のドアをゆっくりと開けた。ヤツの遺体はブルーシートに包まれていた。その横には、アミメニシキヘビがとぐろを巻いて寝ていた。その光景は、数時間前に見たのと同じだった。

右手で蛇の首根っこを摑むと、左手で胴体を摑んで素早く檻の中へと入れた。蛇が抵抗しないと分かっているから、作業は一分もかからずに終わらせられた。

「終わりました」

僕は手袋を外しながら、玄関で立っている警察官に声をかけた。

「えっ、もう終わったんですか。早いですね」

警察官は驚きを隠せないようで、蛇の部屋へ入り檻の中を確認していた。

「それじゃあ、私は、これで」

そのまま玄関へと向かい、外へ出た。先ほどより警察官の数が増えているように感じた。

やはり顔を見られたくなかった。来た時よりもさらに視線を下に向けながら、階段の方へ足早に歩いた。

「終わったんですか?」

煙草を吸っている男性に、突然声を掛けられた。僕は無言でうなずくと、足早に立ち去った。階段を下りていると、野次馬たちがまだいることに気づいた。よほど暇なのか、先ほどよりも若干増えている気がした。いつまでも視線を背けているわけにもいかず、人と人の間を抜けようとした時、その中の人物と目が合った。その瞬間、あれ？　と思った。その人を、どこかで見たことがあった気がしたからだ。さすがに二度見はできなかったので、振り返ることなくその場を後にした。

「ふう、終わった」

思ったよりも緊張してたようで、肩がこわばっていた。車の中で思いっきり伸びをして、首を前後左右に回し続けた。あの様子だと警察は、今回の件を事故死と断定するのではないか。警察の関心は蛇に向けられていたし、僕の後処理に何の落ち度もなかった。後は、オオアナコンダを捕まえれば完全犯罪は成立する。あともう少しの辛抱だ。苦戦はしたが、ここまで来たら最後までやり遂げられそうだ。

車のエンジンをかけようとしたら、携帯が鳴った。ちづるからだった。出ようか迷ったが、いつまでも鳴りやまないので出ることにした。

「もしもし」

「あっ、亮介。ごめんね、仕事中に」

ちづるの声は尖っているように聞こえた。また会社で何かあったのだろうか。

「今いいかな。さっきね、例の副社長からね……」

再び、例の愚痴が始まった。僕は、貧乏ゆすりをしながら彼女の話を聞き続ける。

「もうさ、人のこと馬鹿にしてさ、頭にくるわ」

「まあ、そうカリカリしないでさ」

ちづるがイラっときているとき、僕はいつも嫌いな人間を動物に喩えて話す。そうすると、次第に気持ちが落ち着いてくるのだ。ゴリラの話をしたら、ちづるの様子も穏やかになってきたようだ。

「ねぇ、今日会えないかな」

今日はオオアナコンダを捕まえなければならない。どうしても無理だった。

「ごめんな、ちょっとさ……」

仕事が忙しいと言って断った。

「そう、残念ね」

ちづるの残念そうな声が耳に響いた。だが、僕の心までは響いていない。なぜなら、彼女のことは嫌いではないが、好きだという感情は少しも芽生えていない。正直、心が傾いたこともあったが、冷静になってみるとそれは愛とは違うものだった。

きっとこの先も、ちづるのことは好きにはならないだろう。でも、僕たちは結婚をする。愛がなくても結婚はできるはずだ。僕の両親のように、心のない結婚はできるのだ。

その日の夜、再び福島邸へと足を運んだ。時刻は午前一時になっていた。いつものことながら、周囲は静けさに包まれている。タイムリミットは午前五時頃で、明るくなる前に引き上げなければならない。今日見つからなければ延長して探せばいいのだが、日にちが伸びれば伸びるほど蛇が周囲に見つかるリスクが高くなる。どうしても今日中に見つけたかった。

手にライトを持ち登り口に向かうと、周囲を何度も見回しながら屋敷の中に入った。中に入ると、リュックの中からヘルメットを取り出した。このヘルメットは外国製のもので、危険な動物を扱うときに動物園で日常的に使用している。顔と首をガードして、万が一首に巻きつかれても窒息死することはないし、顔に攻撃されても強化ガラスが顔をガードしてくれる優れものだった。ただ、長い間被っていると蒸れて顔全体が火照ってしまうし、重いので肩への負担がかなりかかるのが難点だ。もし体に巻きついて離れない状況になった場合は、新品の鎌で蛇の体をひとおもいに搔っ切ることに決めていた。願わくば、そうなることは避けたい。麻酔銃で蛇を動かなくすることが、理想の形だった。

「よし」

気合いを入れると右手で懐中電灯を、左手で麻酔銃を持つと雑草をかき分けながらゆっくりと茂みの中を探し始めた。絶対にこの周辺に潜んでいるはずだ。昼間に身を潜める場所は、他にはあり得ない。

「もう、どこに消えちゃったんだよ」

地面を見続けなければならないので、中腰の状態で歩き続けていた。腰が痛くてしかたがなかった。

「えっ、もうこんな時間か」

気がつけば、二時間が経過していた。僕の腰は限界にきていたので、休憩をすることにした。頭からヘルメットを取ると、地面にしゃがみ込んだ。頭を触ってみると髪の毛はお風呂上がりのように濡れていた。ヘルメットからも、汗が滴となって落ちている。

「ヤバいな」

庭の周辺はしらみつぶしに探したが、蛇が通った後さえ見つからない。この中にいないとなると、屋敷の外に出たことになる。蛇は小さな隙間があると、簡単にそこから出ることができるので不可能ではない。

「外に出てみるか」

念のため、鉄柵の外も見ておいたほうがよさそうだ。可能性があるとしたら、雨水溝の中が一番有力だろう。そこは蛇にとって隠れやすい場所だからだ。

フェンスを越えて道路に出ると、大きな音をたてないように気を付けながら、そっと雨水蓋を開けた。蓋はコンクリート製で五キロはあるだろうか、ずっしりとした重みを両手に感じた。開けた溝の中に頭を突っ込んで懐中電灯で中を照らしたが、蛇らしきものは見当たらなかった。雨水溝は道路の両方についているので、反対側も同じように開けて中を照らした。懐中電灯の光は二、三メートルほどが限界なので、三つ先の蓋も開けることにした。四つ目の蓋を持った、その時だった。手が滑って蓋を思いっきり地面に打ち付けてしまった。バタン！　という大きな音がして、近所中に響き渡った。

「誰か、いるの？」

声が聞こえた瞬間、ギョッとして四つん這いになったまま動きを止めた。蓋を開けることに夢中になっていて全く気付かなかったが、目を凝らしてみると暗闇の中に人が立っているのが分かった。

「ちょっと、誰よ。出てきなさいよ」

僕はその瞬間、ダッシュをしてその場を逃げ出していた。息を切らせながら、階段を駆け上がりフェンスがある場所まで走った。後ろを振り返ると、人が来る気配はなかった。声の主は女性だった。だから、あえて追うこともしなかったのだろう。

「はぁ……危なかった」

フェンスに背を凭せながら、呼吸を整えるように深呼吸を繰り返した。急こう配の高低差がある斜面を無我夢中で駆け上がってきたのだ。息が切れるのは当然のことだった。時刻は午前五時で、まだ夜は明けていない。その場で深呼吸を繰り返しつつ、姿を見られたことの重大さをひしひしと感じていた。ヘルメットを被っているので、顔は見られてはいないはずだ。一番の心配は警察に通報するのではないかということだ。この辺りを警察がウロウロしてしまったら動きにくくなってしまう。でも肝心の蛇はまだ見つかっていない。タイムリミットはあと三十分ほどだろう。あともうひと踏ん張りだと思った瞬間、目の前で何かが動いた気がした。

「あっ！」

僕は思わず叫んでいた。目の前にあのオオアナコンダの胴体が横たわっていたからだ。蛇は屋敷の中の茂みにいて、胴体の半分以上が見えていた。蛇はゆっくりと動いていて、茂みに身を隠してしまいそうだった。慌てて麻酔銃を身構えると、狙いを定めて一発撃った。蛇に当たったかどうかここからでは分からなかったが、動きが止まった気配はあった。急いでフェンスをよじ登ると、蛇のいる場所へと急いだ。

「やった！」

思わず大きな声で叫んでしまった。蛇の体には、麻酔銃の矢が刺さっていた。薄暗い状態だったので当たるかどうか不安だったが、一発で蛇を射止めたのはラッキーだった。

「ヤバい、急ごう」

空が白みかけていた。急いでリュックを開け、中に蛇を手早く詰めようとしたその時だった。

「あなただったのね」

ギクリとした。後ろを振り向くとジーンズとTシャツ姿の女性が立っていた。

「だ、誰だ、あ、あんた」

僕の声はうわずっていた。まさかこんなところで人と対峙するとは思ってもいなかったので、かなり動揺していた。

「それはこっちのセリフよ。あなたが犯人なんでしょ。あなたが、ご主人様を殺した犯人なんでしょ！」

その瞬間、初めて聞く声じゃないなと感じた。

「あんた、もしかしてここの……」

「家政婦よ。あなたがご主人様を殺したのね。許さない。絶対に許さない！」

家政婦はそう叫ぶと、僕に向かって突進してきた。

「うわぁ！」

追突された拍子に、僕の体は草むらに投げ出された。家政婦は素早い動きで僕の体の上に馬乗りになると、首根っ子を両手でつかんで力を入れた。

「や、やめろ！」

相手の力は予想以上に強く、僕の両目は次第に霞んでいった。

「絶対に許さないわよ！　ご主人様を殺したバツよ！　あなたも死になさい！」

家政婦は、予想以上の力で僕の首を絞めつけていた。僕は苦しさのあまり、体中を左右に振って家政婦の手を振りほどこうとした。

「死ね！　死ね！」

半狂乱状態になった家政婦は、僕の首をさらに強く絞め続けた。僕は意識が遠のきそうになりながら、やはり動物たちのことが頭に浮かんだ。僕が死んでしまったら、動物たちはどうなってしまうのか。路頭に迷わせることだけはさせたくない。それだけは避けなければ……右手をバタバタと動かしていると、右手が硬い物にぶち当たった。それは手のひらほどの石だった。痺れる手でなんとかそれをつかむと、無我夢中で家政婦の頭へと投げつけた。

「ひゃぁ、イタイ！」

家政婦は頭を抱えながら地面に転がった。

「うはぁ……助かった……」

ようやく息が吸えるようになり、深呼吸を繰り返した。ホッとしている時間はなかった。僕は重い体を持ち上げると、家政婦の上に馬乗りになった。家政婦の首を摑んだ。形勢逆転だった。

「てめぇ、邪魔をすんじゃねぇ！」

「や、やめて！」

家政婦は苦しそうに両手と両足をバタつかせている。

「邪魔をするやつは、この世界から抹殺してやる！」

そう叫んで、両手に力を入れ続けた。それからどのくらいの時間が経ったのだろう。気がつくと、女の体は動かなくなっていた。

「……やっちまった……」

また人を殺してしまった。冷静になると、手の震えが止まらなくなっていた。

「ヤバい、夜が明けちまう」

遠くの空から太陽が顔をのぞかせようとしていた。もう、罪悪感に浸っている時間は一秒も残されてはいない。遺体を引きずると、茂みの中に隠した。雑草が体を完全に覆い隠している。遺体の処理は後で考えることにして、今はここを離れよう。蛇を入れたリュックを背負うと、急いで屋敷を抜け車へと戻っていった。蛇が予想以上に重かったせいで、途中で何度も足がもつれそうになったが、何とか車の運転席へと駆け込んだ。

「……やったぁ！」

座ったとたん、ガッツポーズで喜びを爆発させた。普段あまり喜びを表には出さないのだが、この時ばかりは自然に弾けていた。これで動物園を守ることができる。もし動物たちが言葉を話せるとしたら、泣きながら僕に感謝の言葉をかけてくれるに違いない。全ては動物たちのためなのだ。僕はその手助けをしただけなのだ。そう考えただけで、顔が自然とニヤけてきた。僕は胸を躍らせながら、エンジンをかけた。

動物園に直行すると、蛇を檻の中に戻した。麻酔が効いているのか、蛇は大人しかった。鍵を閉めた瞬間、横から上田さんが声をかけてきた。

「こんな早くから病院ってやってたんですか？」

そう言うと、僕の隣にしゃがみ込み檻の中の蛇を見つめた。時刻は午前七時を回っていた。彼女の言うように、早朝から営業している病院はあまり見かけない。

「昨日の夜に連絡をもらったんです。みんなに心配かけたから、すぐにでも引き取ろうと思って、こんな時間に伺ってしまいました。確かに、病院には迷惑な話ですよね」

僕は頭を掻きながら、苦笑いを浮かべた。

「で、結局、どこも悪くなかったんですね？」

「はい。騒がせてしまってすみませんでした」

とっさの嘘だったが、上田さんは納得してくれたようだ。そのことに安堵したのか、大きなあくびが僕の口を突いて出た。

「園長、大丈夫ですか？　とっても疲れてるように見えますけど」

上田さんの問いにドキリとした。昨日から一睡もしていないことが、顔に出ているようだ。

「今日はもう帰って休んだ方がいいですよ」

僕は自分の頬を触った。頭はフラフラするし、さっきから足元もおぼつかなくなっている。疲れがピークに達しているのは確かだった。

「すみません。申し訳ないですけど、そうさせてもらいます」

部下に休暇を勧められることは今まで一度もなかったが、ここは上田さんの好意に甘えさせてもらうことにした。

自宅に帰ると、風呂にも入らずにベッドに直行した。とにかく、全身を解放する場所が欲しかった。ベッドに大の字に横たわると、目を瞑って眠ろうとした。でも、どうしても脳裏に浮かんでくるのは、あの家政婦の顔だった。顔をゆがませて苦しむ彼女の表情が、目を閉じても目の前にあるような感覚があった。家政婦には申し訳ないが、動物園を救うために犠牲になってもらったと思おう。動物園と家政婦の命を天秤にかけたら、動物園の方が重いに決まっている。何が何でも動物園を守らなければならない。それが僕の使命でもある。それを邪魔したから、あんな目にあったのだ。彼女が死んだ一番の原因は、僕に歯向かったことだ。だから、自業自得なのだ……そう自分を納得させた。すると、いつの間にか瞼が落ちてきて目の前が真っ暗になっていた。

　目覚めたのはその日の午後九時頃だった。どうやら十時間以上熟睡してしまったようだ。起き上がろうとしたが、下でテレビの音がしていたので止めた。なんとなく母親とは顔を合わせたくなかった。首を絞めた家政婦の面影と重なりそうで、気が引けた。そして再び眠りにつくと、目が覚めたのは翌朝の七時だった。

「うわぁ、やべぇ……寝過ぎたな」

　毎日、午前四時には起床している。目覚ましを掛けなくても起きられるので、そのイメージができていると思っていた。でも予想以上に疲労が溜まっていた。首や手足などの関節の節々が痛くて、すぐには体を動かせなかった。重い体を引きずるようにして階段を下りると、リビングは静まりかえっていた。母はこの時間になっても起きていなかった。第一、母が起きてくる時間帯も知らないし、知りたくもなかった。傍から見れば、僕らは親子には見られないだろう。そんなことも、もうどうでもよかった。

　携帯を手に取ると、兄へと連絡を取ろうとした。これから先の話をしたかったからだ。生憎、兄は出てくれなかった。

　顔を洗い着替えると、動物園へと向かった。途中でコンビニに寄って、鮭おにぎりを買った。右手におにぎり、片手ハンドル状態で運転するのが習慣になっている。

　動物園に到着すると、まずはオオアナコンダがいる建物に向かった。建物の中には約十種類の蛇がいて、客はガラス越しに見学できるようになっている。蛇の他にも外来種のカメやカエル、大型のワニなども展示している。

扉を開けて中を見回した。運よく、誰も中にはいなかった。オオアナコンダの檻に近づき中を見ると、蛇は檻の中でとぐろを巻いて寝ていた。

「大丈夫だな」

蛇がいなくなるというアクシデントはあったが、僕が思い描いた通りになった。そのことに、正直ホッとしていた。僕に残された任務は、ちづると結婚することだ。これからは彼女と会う回数を増やさなければならない。今のままでは、仕事をするだけで手一杯でデートどころではない。従業員の給料を払える分の資金を、兄に工面してもらおう。今なら喜んでお金を出してくれるだろう。

とりあえず蛇の様子を確認できてよかった。一日休んだから、仕事が溜まっている。まずは、園内の掃除をしなければならない。今日も忙しくなりそうだと思いながら、施設を出た。

「亮介」

僕は目の前の光景に目を疑った。何故なら、ちづるが手を振って近づいてきたからだ。こんなタイミングがあるだろうか。まるで釣り糸の餌に掛かったみたいに、獲物が釣れたような感覚だった。

「ごめんね、仕事中に、連絡もしないで」

「いや、別に。大丈夫だよ」

　極力笑顔を作り、ちづるに優しく接することを心掛けた。僕は仕事の邪魔をされるのが嫌いなのだ。思い返せば、ちづると付き合い始めてから何度も仕事の手を止めさせられた気がする。電話で話すときは、彼女に悟られないよう常に深呼吸をしてイライラを鎮めていた。だから今も、目の前にいる彼女に気づかれないように、小さく深く呼吸をした。ちづるに嫌われては元も子もない。ここは平静を保つしかない。

「昨日、葬儀だったんだろ。大変だったな。今日は仕事じゃないのか」

「そうなんだけど、疲れて仕事に行く気しなくて休んじゃった」

　ちづるはペロリと舌を出した。疲れたら休めるなんていい身分だよな。こっちは、疲れた体を引きずりながら働いてるっていうのに……。心の中でそうつぶやくと、笑顔を浮かべながら、そうなんだと相槌を打った。

「あそこには、蛇がいるんでしょ？」

　ちづるは、僕が出てきたばかりの施設を指さした。

「亮介は、蛇とか世話ができるの？」

　できると答えた方がいいのだろうか。何となく本当のことを言うのは躊躇ったので、嘘をつくことにした。

「できないわけじゃないけど、そこは専門分野の人間に任せてるんだ。うちには毒蛇とか大型の蛇もいるから、専門的な知識がないと無理なんだよ」

「そりゃそうよね……そっか……そうだよね……」

ちづるは言い淀むと、何故か俯いて黙り込んでしまった。てっきり、また愚痴をこぼしに来たのだろうと思っていた。どうやら違うようだ。

「何かあったの？　遠慮しないで言ってみて」

「うん……あのね……」

ちづるから、福島邸の蛇を引き取ってくれないかと頼まれた。確かにあれだけの蛇の飼育は大変なはずだ。誰かに飼ってもらうのが賢明だろう。だけど、今の動物園にはその余裕はない。

「うーん。今は新規の蛇を飼えるような場所がないんだ。ごめんよ」

そう言うと、ちづるは残念そうな顔で続けた。

「そう……コーンスネークとか、ニシキヘビとか、普通じゃ見られない蛇ばかりだから、ここだったらいいかなって思ったんだけど、残念ね」

ちづるは聞いたことのないような蛇の名前をスラスラと言ってのけた。もしかしてとは思ったが、冗談交じりで彼女に尋ねてみた。

「蛇のこと、詳しいの？」

「えっ……う、うん、実はそうなの。これでも餌をあげたりできるのよ」

「えっ？　本当に？」

本気で驚いた。まさか、ちづるが蛇に詳しいとは思ってもみなかった。思わず、毒蛇にも餌をあげられるのか聞きそうになってしまった。そんなこと聞いてしまったら、どうして知ってるのかと突っ込まれてしまう。

「餌もあげられるんだ、すごいね」

「幻滅した？」

ちづるの目は、僕に媚を売るように迫ってくる。だが、ここで肯定するわけにはいかない。笑顔を作って、ちづるの頭を撫でた。

「そんなわけないだろ。ちょっと驚いただけだよ」

「そう、よかった」

ちづるは笑みを浮かべると、僕の腕に飛びついてきた。本当なら周りの目もあるから、イチャイチャするのはやめてもらいたかった。

「五十匹以上いるから、餌をあげるだけでも大変なの。それか、蛇を販売するような業者さんとか知らないかしら。うちの蛇は健康状態もいいから、そのまま買い取ってもらっても大丈夫だと思うわ」

「業者ね……」

手を顎に乗せて、考えるフリをした。

「そういった店は知らないな。ごめんな」

調べれば分からないわけではなかった。だが、これ以上この話を長引かせたくなくて嘘をついた。

「そうよね……ごめんなさい、こんなしょうもない話で」

「いいんだ。君も大変だね。いろいろと」

「そうなの。今度は遺産の話になると思うけど、それもいろいろと書類を書かなきゃならないし」

「そうなんだ」

僕は思わず笑みがこぼれそうになっていた。大半の遺産はちづるのものになるだろう。都内には高級ホテルもあるし、郊外にはホタル旅館がある。どちらも、相当な額を稼ぎ出している。福島グループの遺産は莫大なはずだ。それらの遺産が、この動物園を救うために使われるのだ。そうなるように、ちづるを誘導していかなければならない。

僕の腕を離さないちづるを横目で見た。相変わらず笑顔で話をしている彼女を見ていると、口説き落とすのは簡単に思えた。ちづるは完全に僕の手中にあるのだから。

「じゃあ、断っといてなんだけど、近いうちにその蛇たちを見学させてくれるかな」

「もちろんよ。楽しみにしてるわ」

僕の申し出にちづるは嬉しそうに答えた。そして僕の腕をさらに強く握った。傍から見れば、僕たちは恋人同士に見えるのだろう。だが、それは見せかけだ。僕は彼女に心を揺らいだことは一度もない。第一、タイプではなかった。僕は、彼女とは真反対の奥ゆかしい女性が好みなのだ。その時だった、僕の胸ポケットの携帯が小刻みに揺れた。

「ごめん、電話だ」

僕はちづるの腕からすり抜けると、携帯を手に取り画面を見た。兄からだった。ちづるに背を向けると、三歩ほど歩いて彼女と距離を取った。

『俺だけど。さっき電話くれたみたいだな』

「あのさ、ちょっと会いたいんだけど」

『何だよ、文句があるなら親父に言えよ。どっちかっていうと、野球のオーナーになりたいっていうのは、あの人が発起人なんだから』

「違うよ。そうじゃない。詳しいことは会って話す。じゃあな」

金、金、金……。こいつの頭には、金のことしかないのか。もういい加減ウンザリしてくる。本当なら、兄の顔も見たくないのだが、会って話さないとならないから仕方ない。

ちづるは、僕の背中越しに声を掛けてきた。

「仕事の電話？」

「う、うん、そうなんだ」

「亮介も忙しそうね。でも、頑張ってね」

ちづるは、笑みを浮かべた。この笑顔を見てると、なぜか僕の心はイライラしてくる。何不自由ない生活を見せびらかされているようで、胸がムカついてくる。それはたぶん、ちづるの幸せに興味がないからだろう。もう、ここで決めてしまおう。早ければ早い方がいい。万が一、ちづるの気持ちが変わってしまっても困る。僕はちづるを抱きしめると、耳元で囁いた。

「君とずっとこうやって一緒にいたいな」

「えっ、何突然」

ちづるは戸惑っているようだった。僕がこんなしゃれた言葉をかけるなんて、想像もしていなかったからだろう。意外性があるほど、女性はその気になりやすいと雑誌で読んだことがあった。まさに今のシチュエーションにピッタリではないか。

「僕と、結婚してください」

僕のプロポーズに、ちづるは意外にも無反応だった。呆然と立ち尽くしているのは、心底驚いているからだろう。僕は彼女の耳元に囁くように言葉を続けた。

「君を愛してるんだ。一生そばにいてほしい」

自分でもよくこんな嘘がつけるなと思う。これも動物園を守るためだ。そうやって割り切ると、ちづるの体をもっと強く抱きしめることも難しくなかった。

「嬉しい……とっても嬉しいわ」

ちづるは泣いているのだろうか、声が上擦っていた。そして、僕の体に手を回して強く握りしめた。僕はその瞬間、気持ち悪いと思った。好きでもない人間と体を密着させることは苦痛でしかなかった。だから、これ以上この状態を保つことは無理だった。僕は、ちづるから自分の体を離すと、猫なで声の甘ったるい言葉で彼女に話しかけた。

「ごめんな。もう行かなきゃ。まだやることがたくさんあるんだ。また近いうちに食事でもしよう」

「うん……分かった」

　ちづるははにかみながらも納得してくれたようだった。ちづるに背を向け歩き出し、少ししてから一度振り返った。ちづるは笑顔のまま、僕に向かって手を振っていた。彼女に応えるように手を振り再び向き直ると、僕の顔は真顔になっていた。勢いで結婚という二文字を口にしたが、こんなにも女性をその気にさせるとは思ってもいなかった。あの満面の笑みを見ていると、あの女は結婚したいという気持ちが強いようだ。どうやら三十代前半という年齢が、身を固めるという選択をさせたがるようだ。あまりにも何もかもがスムーズにいきすぎているようで、少し怖い気もしている。大丈夫だと、自分の中の不安の声をなだめた。僕の動物園を愛する気持ちが、全ての運命を後押ししてくれている。だから、何も心配することはないのだ。


　仕事を終えてからすぐに、兄の住むマンションに向かった。兄は東京都内にあるタワーマンションに住んでいる。家賃は一か月数百万するらしい。本来なら初めにそこを削るのが賢明なはずだ。兄は世間体を一番大事にするので、生活レベルを下げたくないのが理由だった。一度僕は思い切って指摘してみたことがあった。でも、僕に注意されたことが悔しかったのか、逆ギレされて終わった。それからは、兄がどんな生活をしようが関心を持たないことにした。

　チャイムを押すと、しばらくドアは開かなかった。ドアノブを回すと、扉が開いた。部屋の中に入ると、ガウン姿の兄がマッサージチェアに横になっていた。

「何だよ話って。こっちは忙しいんだ。手短に頼むぞ」

風呂上がりなのだろう、髪が濡れた状態で目をつむっていた。背中を上下するローラーに身を任せて気持ちがいいのか、僕の方を見ようともしなかった。そして、話を勝手に進め始めた。

「お前に文句言われても、球団を作るのは譲れないからな」

「文句なんかないよ。そんなの勝手に作ればいいだろ」

「じゃあ何しに来たんだよ。さっさと、話せよ」

兄の態度は、僕のことを面倒な案件としか思ってないようだ。でもその態度は、僕の一言で変わるはずだ。

「いつかまだ決まってないけど、結婚するからさ」

兄は顔だけを上げると、両目を見開いて僕を見た。やはり、結婚という言葉に驚いたようだ。

「そうか……おめでとう」

面倒くさそうにそう言うと、すぐに目をつむり再び横になった。

「誰とするか、聞かないの?」

そんなことに興味がないと言わんばかりにため息をつくと、僕に質問をした。

「……誰なんだ?　相手は」

「福島ちづるさん。福島グループの社長だよ」

「そうか……えっ、何だって」

兄は、さっきよりも勢いをつけて体を起こした。

「福島グループって、あのオーシャンホテルのか。お前、その社長と結婚するのか」

「そうだよ」

兄は立ち上がると、僕の方へと大股で近づいてきた。腰に巻いている紐が落ちそうな勢いだった。

「何だよ、大企業の彼女がいたのかよ。何で、今まで言わなかったんだよ、水臭いな」

兄の表情は、すっかり和らいでいた。というより意識して笑顔を浮かべているように見えた。その行為は、さっきまでの不機嫌さを打ち消そうとしているのは明白だった。

「ホテルもそうだけど、ホタル旅館だっけ？　あれが話題になったよな……そうか、そうか、そこの社長とお前がね……今度、俺にも会わせてくれよ」

「分かった。彼女に話しておくよ」

「おう、楽しみにしているぞ。そうか、お前と福島グループの社長がね……」

兄が考えていることは、おおよそ予想ができた。福島グループを身内に置くことで、どれほどの見返りを受けられるのか皮算用しているのだ。兄のニヤつき加減が何よりの証拠だった。

　兄が僕に媚を売ろうとしていることが、内心嬉しくてたまらなかった。それを目の前で見られただけで十分満足な気持ちになった。たぶん、父も兄と同じ反応をするに違いない。

あと一つ、僕は仕事をしなければならない。それは、一番大事なことだ。今が最大のチャンスだった。僕は畳み掛けるように話を続けた。

「それでお願いがあるんだけど」

「何だ、何でも言えよ」

「動物園から引き上げる話、もう少し待ってくれないかな」

「何だ、そんなことか。延期じゃなくて中止にするわ」

「えっ、本当に？」

「あぁ、本当だ」

僕はホッと胸をなでおろした。兄の皮算用のおかげで、動物園は危機から逃れそうだ。

「そうだ。このあいだ買ったワインがあるんだ。結婚祝いに飲まないか」

「いや、車で来てるから、また今度にする。それじゃあ、帰るわ」

「そうか。じゃあ、またな」

兄は、珍しく玄関まで送ってくれた。兄はずっと笑みを浮かべていた。

マンションを出て車に乗っても、僕の顔から笑みが絶えることはなかった。ようやく兄に勝てた気分に酔いしれていた。それと同時に動物園を守れたことにも満足していた。やはり、僕の動物を思う気持ちを、神様がちゃんと理解してくれたから運が味方してくれたのだ。

それから二、三日ほどは幸福感に浸る日々が続いた。重たい藁を持つ手も軽く思えたし、疲労も感じなくなっていた。

でもその一方で、ちづるとの連絡が取れなくなっていた。最初は仕事が忙しいからだろうと思っていたが、さすがに一週間も続くと不安になってきた。

「何かあったのかな」

暇さえあれば、彼女に一日に何度もメールを打った。仕事の合間に、何度も携帯を覗き込んでは連絡を待った。それでも返信がないので、ちづるのマンションに張り込みをしたりした。ちづるは雲隠れしたように、僕の前から姿を消してしまった。プロポーズをしたことで、逆に彼女を混乱させてしまったのだろうか。やはりもうすこし時間をかけて行動するべきだったのだろうか。

そんな不安な日々を経て彼女と連絡が取れたのは、約二週間後のことだった。

「どうしたの。ずっと連絡してたんだけど」

「……ごめんなさい。忙しかったの」

忙しくてもメールの返事ぐらいはできるだろうと思った。でも、ここで文句を言ってはいけないし、言葉に角が立たないよう心掛けた。とにかく、ちづるに嫌われるような行動だけはしてはいけない。

「でも、よかったよ、連絡が取れて。今、どこにいるの？」

「えっ？　う、うん……」

　どうしたんだろう。ちづるの言葉は、歯切れが悪い。何かを言い渋っているようだ。

「プロポーズが重荷になってるんだったら、ごめん、謝る。一方的過ぎたよね。まだ出会ってちょっとしか経ってないんだもんね」

「……」

「でも、君のことは大切にしたいと思ってるし、決していい加減な気持ちで言ったわけじゃないんだ。これは信じてほしい」

「……あなたなの……」

「えっ？」

「な、何だよ、どうしたんだよ」

「……あなたが……たの」

　わざと声のトーンを落としてるのか、周囲の雑音のせいなのか、肝心な箇所が聞き取れなかった。

「えっ？　何て言ったの？」

　聞き直したが、ちづるは言い直してくれはしなかった。そしてなぜか開き直ったような言い方で話しだした。

「ごめんなさい。あのね、今から来てほしいところがあるの」

「どこに？」

「叔父の家よ。蛇を見てほしいの。来てくれるわよね」

「えっ、今からか」

「そうよ。待ってるわ」

そう言って一方的に電話を切ってしまった。着信履歴を見直すと、確かにちづるからの電話だった。声だってちづるの声だった。だけど、いつもの彼女じゃないみたいだった。明らかに何かがおかしかった。

手に持った箒を投げ捨てると、着替えもしないで動物園をあとにした。何だ、何があったんだ？　言い知れぬ不安をぬぐうことができなくなっていた。ちづるは何かに気づいたのか？　いや、でもそんなはずはない。警察だって事故で処理したはずだし、素人のちづるが疑問を持つようなことはないはずだ。全てが完璧なはずだ。

車に乗っている最中も胸のドキドキが止まらなかった。屋敷に到着し階段を上ると、既にちづるが玄関前に立っていた。その姿を見て、ドキリと胸が波を打った。いつものちづるとは明らかに違っていたからだ。

「ご苦労さま」

ちづるは、弱々しくほほ笑んだ。何がどう違うかと問われれば、それは彼女の僕を見る目だろう。眼光の鋭さをヒシヒシと感じていた。

「あのさ、さっきの電話のことだけど……」

「中に入って話しましょう」

ちづるは質問には答えずに、僕を家の中へ入るように促した。彼女のその態度は、僕を余計に焦らせた。やはり何かおかしい。でも、それをストレートに質問することはできない。もしかしたら、僕の勘違いかもしれないからだ。

ちづるは蛇の部屋の電気をつけ、中に入った。僕も彼女の後を追うように部屋に入った。

「このあいだ話した叔父の蛇よ。凄い数でしょう」

「へぇー、すごいなぁ。こんな数の蛇、見たことないよ」

驚いた表情を浮かべ、蛇の檻を見回した。もちろん何度も見ている光景なので、驚くフリをしている。四方に目をやると、奥の檻がカラになっていることに気づいた。

「そうなの。このアミメニシキヘビ、死んじゃったのよ」

やっぱりそうか。やはりあの蛇の体は病に侵されていたのか。

「何が、原因だったの？」

僕の質問に答えることなく、ちづるが無言で僕を見つめている。質問が不自然だっただろうか。

「な、何か変なことでも言ったかな」

「……老衰だったの、死因。もう飼い始めて三十年以上経つから、大往生よ」

「そ、そう、だったんだ」

やっぱり変だ。ちづるは明らかに何かを隠している。それが何なのか早く知りたかった。

「どうしたの？　汗かいてるわよ」

ちづるはポケットからハンカチを取り出すと、僕のこめかみに流れ落ちている汗を拭き出した。

「はい、あとは自分で拭いて」

「……ありがとう」

戸惑いながらも、ハンカチを受け取ろうと手に触れた瞬間だった。ちづるは信じられない言葉を投げかけた。

「あなた、この部屋に来たことあるわよね」

手が動揺でブルッと震えた。そのせいで手に取ったハンカチを落としそうになった。それでもちづるは表情を変えずに、僕を直視している。矢を射るような視線に耐えられなくなり、その場の雰囲気を変えるように笑いを交えて答えた。

「な、何言ってるんだよ。こ、ここには初めて来たんだよ」

「いえ、あるはずよ。それに、この部屋にあったノート、あなたが持ち去ったわよね」

「ノート？　何の話だかさっぱり分からない」

そう言っておきながら、口の中は渇ききっていた。まさか、ちづるの口からノートの存在を聞かされるとは予想外だった。

「あなたが叔父を殺したんでしょ」

「な、何言ってんだよ。君の叔父さんを僕が殺したって？　冗談はやめてくれよ」

「冗談なんかじゃないわ。あなたが叔父を事故死に見せかけたんでしょ？」

　ここは怒りで誤魔化すしかなかった。僕はありったけの声を張り上げて怒鳴りつけた。

「いい加減にしてくれ！　証拠もないのに変なことを言うなよ！」

　興奮している僕とは対照的に、ちづるは落ち着き払っていた。そして、僕の目を見つめながら静かに答えた。

「証拠ならあるわ」

「えっ？　な、何だよ、それ……」

　証拠があるだって？　そんなこと、あるはずがないじゃないか。僕の計画は完璧だった。犯行当日は、ずっと手袋をしていたから指紋は残していないし、玄関は通らなかったから防犯カメラに写ってもいない、はずだ。

「これを見て」

　ちづるは防犯カメラの映像を印刷した四つ折りの紙を取り出した。そこには、福島邸の玄関を去ろうとする、僕の姿が映っていた。動物園の作業着を着ているので、警察から蛇を檻に入れるように頼まれた日のものだ。

「これはあなたよね？　だって、動物園のマークがあるものね」

　ちづるは、僕の背中を指さした。そこには、木田動物園のロゴマークがプリントしてある。木田という字の周りをキリンやライオンの動物たちが囲んでいるイラストだ。

「それに、これはこの部屋にあったノートでしょ？」

ちづるが指さした僕の右手には、確かにノートが映っている。

「だけど、これだけじゃそのノートかどうか分からないだろ」

手にしているものは確かに例のノートだが、画像のみで判断するとなるとそれはただの紙にも見える。ということは、こっちにまだ反論する余地があるということだ。

「じゃあ、どうしてここに初めて来たって嘘ついた？　警察から依頼を受けてたでしょ？」

「べ、べつに嘘なんかついてないよ。そういうのは言っちゃいけないと思ったから、仕方なかったんだ」

ちづるの視線は、氷の女王のように冷たくなっていた。僕を軽蔑している顔つきをしている。こんな彼女を僕は今まで見たことはなかった。

「あと、これも見て」

ちづるは、ズボンのポケットから一枚の写真を取り出した。そこには蛇の部屋の内部が写されていた。僕らが立っている場所より、入り口側から撮られていた。

「ここ、見て」

ちづるが指差した先には、『蛇の観察ノート』と書かれたノートが檻の上に置かれていた。

「この写真は、あなたが来る前に鑑識の人が撮ったものよ」

それが真実であるのは明白だった。なぜなら、アミメニシキヘビが檻の外にいるからだ。

「それと、これ」

ちづるはもう一枚、別の写真を取り出した。その写真は、一枚目とほぼ同じ角度で撮られていた。

「この写真は、あなたがここを立ち去ったあとに撮られたものよ。ここ、見て」

ちづるが指差した先には、あるはずの蛇のノートはなくなっていた。

「あの日、この部屋に入ったのは警察関係者とあなたしかいないはずよ。あなたはノートの中身を見て、誰にも見られてはいけないって思ったから、だから持ち去ったんでしょ？」

ちづるの推理力に舌を巻いたが、今さらあとには引き返せない。ここは、嘘を突き通すしかない。

「確かに、この写真だけを見ると誰かが持ち去ったということになるけど、これだけで、僕が犯人だっていう証拠にはならないだろ？」

「いいえ、あなたしか考えられないわ。正直に言って。あなたが盗んだんでしょ？」

「何言ってんだよ。僕が、そんなことするわけないだろ」

「嘘」

「嘘なわけないだろ。何で君にそんなことしなきゃいけないんだ」

ちづるはそのまま黙り込んでしまった。もしかすると、確かな証拠がないまま僕を責めているだけかもしれない。だとしたら、まだこっちにもチャンスはある。形勢逆転するには今しかない。僕はちづるを、思いっきり強く抱きしめた。

「困らせないでくれよ。僕たちこれから結婚するんだろ」

「……」

「君は疲れてるんだよ。最近、いろんなことがあったからね」

「……」

「結婚したら新婚旅行はアフリカに行かないか。君に野生の動物を見せてあげたいんだ。チーターがシマウマを捕まえるところなんか迫力満点だぞ」

ちづるは一ミリも体を動かすことなく、僕の話に耳を傾けていた。もう少しだ。このままいけば、彼女の気持ちは僕の方へとなびいていくに違いない。

「結婚式もアフリカでしよう。もちろん、二人だけでさ。大草原の荒野でさ、動物たちに祝福してもらうんだ。君が大好きな動物たちにお祝いしてもらえるんだぞ。こんなに嬉しいことはないだろ。そう思わないか？　なぁ、ちづる」

ちづるがどんな表情をしているか知りたくて、少しだけ体をずらして顔を覗き込もうとした。その時、彼女の携帯が鳴った。

「もしもし」

ちづるは僕に背を向けて、携帯の相手と何やら小声で話し始めた。どうやら全てを知ってしまったようだ。バレてしまった以上このままでいいはずはないと、彼女の背中を見つめながら思った。ここに来たことは、二人以外に誰も知らない。今なら、ちづるの首を摑んで力を入れれば、窒息死するだろう。そうすれば、僕を疑う人間はこの世からいなくなる。それで動物園救出作戦は、見事に完結するのだ。そう、動物たちのためにちづるを殺そう。

ゆっくりとちづるの方へと両手を近づけていった。僕の手は、彼女の首根っこへと向かっていく。もう、人を殺めることへの恐怖心はなくなっていた。一人殺そうが、二人殺そうが同じことなのだ。

僕の指がちづるの肩に触れそうになった時、おもむろに彼女の声がした。

「ねぇ」

「えっ、な、何?」

慌てて両腕を下げた。ちづるはゆっくりと振り向くと、さっきよりもさらに悲しそうな顔で言った。

「証拠が、見つかったわ」

「えっ？　証拠?」

「さっきあなたが言ってたでしょ、証拠を見せろって。その証拠が見つかったのよ」

顔がこわばっていくのが自分でも分かった。証拠と言われて、正直ビビっていた。

「じゃ、じゃあ、見せてよ」

「残念ながら、ここにはないわ」

　やっぱり。ちづるは僕に鎌をかけようとしているのだ。証拠があるフリをして、こっちからボロを出させようとしている。ここは冷静になって対応すれば、何とか乗り切れるかもしれない。

「ないって、どういうことだよ。わけ分かんないよ。ちゃんと説明してくれよ」

　ワザと語気を強めて言った。ちづるはうつむいていた顔をあげて、僕の方をジッと見つめた。その瞳はとても物悲しくて、僕の胸を打った。

「な、何だよ、そんな目で見るなよ」

　ちづるの視線に耐えられなくなり、僕のほうが先に視線をそらせた。すると、突然頭の後ろから男性の野太い声が聞こえてきた。

「それは私から説明しましょう」

　振り向くと、厳《いか》つい顔の男が立っていた。いつの間にか玄関から入ってきたらしい。

「だ、誰ですか、あなたは」

「鎌倉山警察署の神崎といいます」

　ポケットから警察手帳を取り出した。どうして警察がここにいるんだ？　僕の頭は、完全にパニックになっていた。

「あなたとは二度目ですよね、会うの」

「は？」

何を言ってるんだ、この男は。僕には、警察官の知り合いなど一人もいない。神崎刑事は苦笑いから真顔になると、話を続けた。

「……まあ、いいでしょう。では、早速本題に入ります。福島さんが蛇に襲われたこの事件は、現場の状況から見て事故死と断定しました。ですが、いくつかの不審な点が発見され、他殺として見直されることになりました。そこで福島邸の周辺及び、被害者の交友関係を調べ直しました。そして新たに発見した事実を元に、ある仮説を立てました。それをこれから説明したいと思います」

ドラマの台詞のような淀みのない刑事の言葉は、ボディーブローのように僕の体にダメージを与え続けていた。完璧だったはずの殺害計画にヒビが入り始めようとしていた。僕は正直、ショックだった。絶対に破られるはずないという自信があったからだ。

「屋敷のフェンスをよじ登って庭の中に入ったあなたは、浴室の窓から侵入しましたね。ルーバー窓は、一番狙いやすい窓ですからね。案の定、鉄格子をよく調べたらドライバーで開けた跡が見つかりました」

僕の体の中から、大量の汗が噴き出していた。それは冷や汗だった。脇は熱が籠り、顔から火が噴きそうなほど火照っている。もう、自分自身を制御できなかった。

ふと横を振り返ると、僕を見つめているちづると目が合った。その目は憂いを含んでいるように感じた。

「あなた、気づいてましたよね、アミメニシキヘビが人を襲えないぐらいに弱っていることに」

　神崎刑事の追及に、心が折れそうになっていく。だけど、ここで認めるわけにはいかない。何とか気を取り直して反論を続けた。

「な、何言ってるんですか、さっきから。何のことか、さっぱり分かりませんけど」

「いえ、あなたは気づいていたはずです。動物に詳しいあなたが気づかないはずがない。肝心の蛇がそうなってしまったことで、あなたは動揺したはずです。計画が全て崩れてしまったからです。でもあなたは、諦めることなく何か手立てがないか考えた。その結果、あなたの動物園で飼っているオオアナコンダがアミメニシキヘビと体型が似ていることに気づいたんですよね」

　再びちづると目が合うと、彼女は僕から視線を逸らした。たぶん、蛇の状態に気づいたのはちづるだろう。そこまで分かるということは、彼女の蛇の知識のレベルは相当高いということに、今さらながら気づかされた。

「ちょっと、待ってください。どうして僕の蛇だと断定できるんですか。ちゃんと説明してもらえますか」

　神崎刑事は、口元に微かに笑みを浮かべていた。嫌な予感がした。

「分かりました。なぜあなたを疑うようになったのかをお話ししましょう」

　神崎刑事はポケットから白いリモコンを取り出した。

「これは、マイクロチップの番号を読み取るリモコンです。ご存じですよね」

るはずだ。

マイクロチップは、僕の動物園でも利用している。ほぼ全部の動物にチップは入れてい

「え、ええ、まぁ」

「確認ですけどオオアナコンダの体の中に、チップは入っていますよね」

「……それが、どうかしたんですか」

「日本では、そのような特定外来生物を飼う場合、必ず町や市に届け出をしなくてはいけません。そこで神奈川県に届けられている大型蛇の数を調べたんです。そこには二件しか登録されてませんでした。一件は福島さんが飼っていた蛇で、もう一件はあなたの動物園の蛇でした」

「ちょっと待ってくださいよ。それでなんで私が疑われなきゃならないんですか。日本全国調べてくださいよ。大型蛇を登録している人は、他にもたくさんいますよ」

「でも、あなたのようにお金に困ってる人ばかりじゃないでしょ」

「……どういう意味ですか」

「あなたのことも、調べさせてもらいました。動物園のことも、会社の経営状態も。融資を受けようとして、かなりの銀行を回られましたね。そして、福島誠さんにも打診した」

「な、何を言ってるんですか。福島さんに会ったことなんかありませんよ」

「近所の女性が証言してくれたんです。一か月前、あなたが福島邸から出て車に乗り込むところを見たと。あなたは、動物園のトラックに乗ってましたよね。女性は『木田動物

園』という名前を覚えていましたよ」

　脳裏に思い出されるのは、ハンドルを両手で叩いた瞬間、窓の外の女性と目が合ったことだった。一瞬の出来事なのに、そこまで覚えられていたとは。動物園のトラックを使用したことを、今になって後悔した。

　神崎刑事はワザとらしい微笑みを浮かべていた。まるで、僕の首を打ち取ったかのような顔つきにイラっとした。でもここでも先ほどと同じように、僕を追及することはせずに話を進めた。

「事件があった日、あなたはどこで何をしてましたか？」

「営業ですよ。外回りで忙しかったんです」

「そうですか……」

　刑事はそのまま俯くと、口を真一文字にしたまま黙り込んだ。

　警察の僕への対応は明らかに変だった。僕への追及が全て中途半端なのだ。奥歯にものが挟まっているような、煮え切らない態度だった。そして、僕はあることに気づいてしまった。警察は核心をつくようなことを言っているが、決定的な証拠がないのだ。だから、僕を追い詰めることができないのだ。僕がボロを出すのを待っているのだ。だとしたらやっと、一発逆転のチャンスが回ってきた。希望を捨てず、言葉尻に気を付けながら話を続けた。

「うちのオオアナコンダは二十キロ以上もあるんですよ。あなたの言ってることが正しいとすれば、その重たい蛇をここまで運んでこなければならないはずだ。それはどう説明するんですか」

「それは可能だと、動物園のスタッフが言ってましたよ。あなたは毎日二十キロ以上する重い物を運んでるから大丈夫だと。最近は、人手が減って倍の仕事をこなしてたらしいじゃないですか」

神崎刑事は僕の筋肉のついた腕をマジマジと見つめた。

「あなた、オオアナコンダを病院に連れて行ったそうですね。そこは、どこの病院ですか」

「それは……」

どうしよう。いつも世話になっている病院を言ってしまったらすぐに調べられてしまう。でも言わない方がもっと怪しまれる。なんとか絞り出して、言葉を続けた。

「それは、言えません。守秘義務がありますから」

「守秘義務ですか……まあ、いいでしょう。じゃあ、話を事件当日に戻しましょう。福島誠さんが蛇に襲われて亡くなったあと、もう一つのアクシデントが起きましたよね。蛇が忽然と姿を消したことに、あなたは大変驚かれたはずだ」

目の前が真っ暗になるのを感じた。どうしてそこまで分かってしまうのだろう。あの日、目撃者はいないはずなのに。

「家の中から忽然といなくなった蛇はいったいどこに行ったのか。あなたは探したはずです。翌日の夜中じゅうずっと。もし、蛇が近所で見つかってしまえば、あなたの計画は全てご破算になる。警察沙汰になってしまうからです。先ほど話した通り蛇の体の中にはチップが入っているので、すぐに持ち主が誰か分かってしまう。だから、あなたは焦ったんですよね。誰よりも早く見つけなければと。そして幸運にも動物園に蛇を持ち帰ることができましたね」

神崎刑事の口調は滑らかで、結論を早く言いたくて仕方がないようだ。もう万事休すなのだろうか……いやまだだ。まだ、勝負は終わっていない。まだ僕が犯人だという決定的な証拠がないではないか。

「刑事さんの推理が全て正解だとしましょう。それがどうして私の犯行だって言えるんですか？　さっきから言ってるように、証拠を見せてくださいよ！」

僕は唾を飛ばしながら、語気を強めて反論した。だか神崎刑事は熱を帯びた僕の言葉を、冷めた鉄の棒で跳ね返した。

「証拠ならこの家の中にたくさんあるんじゃないですかね。あなたはこの家に潜んでおく必要があったわけですから、この家のどこかに頭髪の一本ぐらいは落ちてると思いますけど。例えば二階の部屋のどこかとか」

タンスの中でしばらく眠っていたことを思い出していた。確かに、この屋敷には夜中から明け方まで滞在した。でも、僕の髪の毛が見つかるという確証はどこにもない。まだ、大丈夫だと自らを奮い立たせた。

「あなたは、オオアナコンダがどこから逃げたか知りたくはないですか？」

そう刑事に問われたが、これは完全に誘導尋問だと分かった。だから質問には答えなかった。だが、蛇がどうやってここから外に出ていったのか、ずっと疑問に思っていたのは事実だった。神崎刑事は僕の心を見透かすように、挑発し始めた。

「おや？　理由を知りたそうですね」

「知りたいもなにも、自分には関係ないことですから」

僕はあくまで冷静に、挑発には乗らないように心掛けた。

「そうですか。では、隣の部屋に移動しましょう。そこに答えがあるんですよ」

神崎刑事はそう言い残し、さっさと部屋を出てしまった。完全に刑事のペースに飲まれていた。だが、それを断ち切れない自分がいる。いっそのことこのまま逃げ出してしまおうか。でもそうすれば、動物園を守れなくなってしまう。もうダメなのか……下を向いて目をギュッとつむると、目の前に動物園の動物たちが現れた。象や猿、キリン、ライオンたちが悲しい顔をして僕を見つめている。情けない園長でごめん……心の中で何度も謝った。

やはり最後までシラを切り通そう。ここまで聞いても決定的な証拠は掴んでなさそうだ。もう、そこに賭けてみるしかない。

出口でちづると対面する形になった。相変わらず表情が硬いまま、僕を凝視している。

「ちづる、お願いだ、信じてくれ、ちづる。僕は何もやってないんだ」

ちづるの腕を掴もうと手を伸ばした瞬間、今まで聞いたことのない叫び声が耳に響いた。

「やめて！　触らないで！」

ちづるは喉を振り絞るようにそう叫ぶと、一歩後ろに後ずさりした。そして、身を縮めながら僕の前を通り過ぎて部屋を出ていった。

「ちづる……」

僕のことを好きでいてくれたちづるは、目の前から完全に消えてしまった。プロポーズを受け入れてくれたちづるはもう戻ってきてくれないのだろうか。失望を感じながら廊下に出ると、書斎の中から神崎刑事が窓の方を指差していた。

「あれを見てください」

刑事は窓ではなく、その隣に据え付けられている白くて細長い装置を指していた。

「これが、何なんですか？」

「蛇は、そこから出て行ったんです」

「えっ、どうやって出て行ったんですか？」

その時、神崎刑事の顔から笑みがこぼれた。何かマズイことでも言っただろうか。心臓の音が高鳴るのを感じた。

「これは、猫専用の出入り口です。これがあれば猫が自由に出入りできるんです」

この装置は犬用も存在する。昔、雑誌で見たことがあって、家にもほしいなと思ったからよく覚えていた。

「このタイプのものは、外と中を行き来できるんです。センサーキーをつけた首輪を猫につけると、扉が開く仕組みになってます」

「だから、センサーキーって何なんですか！　もっと分かりやすく説明してくださいよ」

イライラが頂点に達し、怒りを神崎刑事にぶつけていた。センサーキーって何だよ。さっきからわけの分からない話をしていることに腹が立って仕方がなかった。

「……マリア……」

その時、ちづるがつぶやくようにそう言った。その声は、掠れていてよく聞き取れなかった。

「福島さん。そこはちゃんと話した方がいいと思います」

神妙な顔つきの神崎刑事が、ちづるに話しかけた。ちづるはうなずくと、呼吸を整えてからゆっくりと話し始めた。

「マリアが……この部屋にいたの、叔父が襲われてすぐに……そして……そして……」

ちづるの声はさらにか細くなっていき、ほとんど何を言っているか理解できなかった。代わりに神崎刑事が話し始めた。

「福島さんが飼っていたマリアという猫は、あまり自宅には帰ってこなかったそうです。でも福島誠さんが亡くなった直後、まさに、蛇に襲われた直後にこの家に帰ってきたんです」

あの時の光景を思い出していた。ドアは蛇の部屋も寝室も開いていた。

「そこに帰ってきた猫は、偶然にも蛇と遭遇してしまったんです」

「可哀そうに、マリア……本当に可哀そう……」

ちづるは、涙をポロポロと流して泣き始めた。

「そ、そんなバカな。そんなことがあり得るのか」

「我々もその場面を見ていないので、想像でしか話はできません。恐らく、センサーが反応してしまったんだと考えられます……それでですね、実は今、うちの部下があなたの動物園におじゃましています」

「えっ、何でですか」

「私たちの推測が事実かどうか、確かめてるんです」

は？　こいつは何を勝手なことを言ってるんだ。呆れて声が咄嗟に出なくなっていた。いくら警察だとはいえ、断りもなくこんな勝手なことが許されるのだろうか。

「園長はこの私ですよ。勝手に敷地内に入らないでもらいたい」

「あなたに許可を取らなかったのは、蛇を調べる必要があったからです」

「調べる？　何をですか」

「蛇の腹ですよ」

「腹？」

「あなたの動物園にいる蛇の腹の中には、この家の飼い猫がいるからです」

この刑事はバカなのか？　本気でそんなことを言ってるのだろうか。

「じゃあ、腹の中の猫がここの家の猫だって証拠はあるんですか！　さっきからあんたの話を聞いてるとイライラするんだよ！　言ってることが全部支離滅裂じゃないか！」

レントゲンを撮ったとしても、どこの猫か分からないのに、どうしてここの猫だって断定できるんだ。

神崎刑事はなぜかため息をつき、ちづるの方を見た。それは諦めのため息のように感じた。やっぱり彼らは、決定的な証拠もないままに僕から告白させようとしているのだ。だから、神崎刑事はため息をついたのだ。だったら僕の勝ちではないか。

「証拠ならあるわ」

ちづるが刑事に代わって、おもむろに話し始めた。彼女の話し方はさっきまでの弱々しさとは違い、力強さがあった。

「マリアは、元々は叔母が飼っていた猫なの。捨て猫だったせいか、何日も家に帰ってこない日が続いてたわ。でも心配性の叔母は、帰ってこないマリアが心配でたまらなくて、マリアの体にマイクロチップを入れたのよ」

「マイクロ、チップ……」

「それがどういう意味か分かるわよね」

膝がガクガクと震え、全身の力が抜けていくのを感じた。

「どうしてマリアのマイクロチップが、動物園にいるオオアナコンダのおなかの中から見つかるのよ。あなたが、この家につれてこなければ、そんなことがあるはずないでしょ……これがあなたの望んでいた、何よりの証拠よ」

「嘘だろ……そんなことが……嘘だろ……」

僕の両足は、地面に膝から崩れ落ちていった。決定的な証拠を自らの手で持ち帰ってしまったということか。まさか、自分の首を自分でしめることになるとは思ってもいなかった。

「おい、立てよ」

神崎刑事が、僕の腕を摑んで立ち上がらせた。そして、両腕にポケットから取り出した手錠をかけた。

「行こうか」

刑事が僕の腕を摑んだ時、ちづると目が合った。彼女の瞳は、悲しそうにも見えたし、犯罪者として僕を見下しているようにも見えた。

九

空の青さと、地上の緑に囲まれたこの国は、光り輝く島と呼ばれている。この国の道路を車で移動して二時間以上が経っていた。二週間ほど前から雨が降っていないので、対向車が通るたびに砂埃が舞っている。道路の左右には緑の林が広がって、背の高い草木が風にたなびいている。

「モウスグ、ツクヨ」

運転手の隣に座っているガイドのアリーが、後部座席に座っている私の方を振り向いて言った。アリーは日本で暮らした経験があるのだが、流ちょうとは言いがたい日本語を話す。

「分かったわ」

そう言って、再び窓の外を見つめた。私たちは、ミンネリヤ国立公園に向かっている。公園の中ではジープに乗り、一時間ほど散策する予定だ。

上着のポケットの中で携帯が鳴った。千夏さんからだった。

「今、スリランカにいるんだって？　どうして黙って行っちゃうのよ」

千夏さんは開口一番そう言った。その声は平静を保っているようだったが、一方で少し気を遣ってくれているような口ぶりだった。

「心配かけてごめんなさい」

「本当に心配したわよ。だって、あんなことがあったから……」

千夏さんは慌てて口をつぐんだ。あれから、亮介は殺人事件の容疑者として逮捕された。それと同時に、早苗さんを殺害したことも認めた。

「どのくらいそっちにいるの？」

「分からない。正直、決めてないの」

「会社、大丈夫なの？　あなたがいないと困るでしょ」

菊池たち幹部には、とりあえず一週間休むと伝えていた。今日は休暇を取ってから、四日目だった。だけど、正直なところまだ帰りたくなかった。このままこの場所にいたいという気持ちの方が今は強かった。

「失礼だと思ったけど、ちづるちゃんが変な気を起こさないかなって、聞いちゃったのよ、仁さんに。そしたら彼、大丈夫だって笑って一蹴するのよ。どうしてそう思うのって聞いたら、『ちづるは強い人間だから、こんなことで終わるようなことはない』って言われたわ。どうして、そう断言できるのって、聞いたら、昔、ちづるちゃんが上級生と喧嘩した時の話をし始めたの」

それは中学生の頃、学校帰りにいじめに遭遇した時の話だ。公園の隅で三人組の高校生が、一人の学生を取り囲んで恐喝していた。弱い者いじめが許せなかった私は、年上の先輩に立ち向かって、相手を負かしたことがあった。

「仁さん、その話を聞いて会社を継ぐのはちづるちゃんだなって思ったんだって。自分にはない強さを持ってるからだって」

「そんなこと言ってたの、兄さん」

「そうよ。だから、必ず戻っておいでよ……あっ、それと仁さんの独立の話、なしになったから」

「えっ、どうして？」

「慣れないニューヨーク生活でどうかしてたって。海外生活でストレスが溜まってたのね。でもよかったわ、決断する前に話してもらって」

「千夏さん、知らなかったんだ」

「そうよ。昨日初めて聞いたわ。でもね、これはここだけの話だけど、あの人には無理だったたと思う」

「どうしてそう思うの？」

「そりゃ、分かるわよ。だって、独立するっていうのは、人に頭を下げなきゃいけないのよ。あの人には無理よ。でも、絶対に言わないでよ。言ったら傷つくから」

「分かってるわ」

　叔父は全て分かっていたのだ。それでも兄に才能がないとは言わずに、ワザと遠回しに独立に反対したのだ。人の優しさは千差万別だ。

　千夏さんとの会話が終わったところで、ようやく国立公園に到着した。そこでジープに乗り換えて、緑が生い茂る草原の中へと向かった。ジープには運転手の男性と、その隣にアリーが座り、後部座席の右側に私は座った。デコボコの道には、大きな水たまりができていた。工事を無断でやめて、そのまま引き上げてしまった跡のような、大きな水たまりだった。その道を四輪駆動のジープは、上下に揺れながらゆっくりと進んでいく。しばらくして、ジープが止まった。エンジンを切ると、風にたなびく草木の音しか聞こえてこなくなった。

「アソコニ、ゾウ、イル」

アリーが小声で指さした先に、象の群れがいた。望遠鏡を覗いて数メートル先の象たちを観察した。象はバタバタと耳を動かしたり、鼻を振ったりしている。でも、すぐに回れ右をして体の向きを変えると、ゆっくりと大きな体を動かしながら立ち去っていった。

「ゾウ、トテモオクビョウネ。スグニゲル」

象は周りの動きに敏感で、人が近付くとすぐに逃げてしまうという。象以外の動物も見たかったが、この時期は繁殖期ということもありチーターやライオンを見ることはないという。象などの草食動物しか見ることができないと言われた。

「ツギ、イキマス」

運転手がエンジンを掛けると、ジープはさらに起伏の激しいデコボコ道を通っていく。体を上下左右に揺られながら、頭の中は亮介が警察に連行されていく光景が浮かんでいた。

亮介を疑い始めたのは、叔父の家の前で亮介を目撃したという情報を得た時からだった。その女性は、亮介が車の中で大声をあげながら拳でハンドルを叩いていたのが記憶に残っていたという。車の横の「木田動物園」の名前を憶えていたことが決定打になった。

それから彼が動物園を手放さなければいけないくらい金銭に困っていることを知り、事件が起こる前後の亮介のアリバイが明確ではなかったことも疑惑を大きくさせた。叔父が亡くなった日は動物園にもいなかったし、自宅にも帰ってはいないようだった。今思うと、その頃の彼は私からの着信にも出なかったし、何よりも私と会うことを拒否していた。

さらに調べていくと、木田動物園にはオオアナコンダという巨大蛇がいることが分かった。その蛇は、神奈川県内で飼われている唯一の大型蛇だった。老衰で死んだアミメニシキヘビは、叔父を襲っていないと断言できたのは、遺体は体に痣ができるほど締め付けられていたからだ。体の弱っている蛇が人を襲うことは、現実的には無理なのだ。

真相を探るべく、木田動物園に行って職員の上田さんという方に話を聞いた。もちろん、亮介には私と会ったことは内緒にしてもらった。そこで聞かされたのは、亮介が蛇を動物園から持ち出したという事実だった。

ここである仮説を立ててみた。叔父はアミメニシキヘビに殺されたのではなく、ここのオオアナコンダに襲われたのではないか。実際に蛇小屋に行ってオオアナコンダをガラス越しに見た。上田さんに聞いた話だと、この蛇は飼い始めて五年ほどだそうだ。この若い蛇であれば、痣が残るぐらい締め上げるのは簡単だろう。そして、亮介が主張していた蛇を預けた病院を探してみたが、見つからなかった。そして、亮介が嘘をついて蛇を持ち出したのではないか、という疑念にたどり着いた。

オオアナコンダが屋敷の外に出たのではないかと考えたのは、亮介が一日遅れて蛇を動物園に戻したという点が大きかった。本来ならその日に動物園に戻す予定だったはずだ。そうしなければ周囲の人間に怪しまれてしまう。病院に預けたというすぐバレてしまう嘘をついたのは、そう言わざるを得ない状況だったからだろう。それに、山田さんが遭遇した不審者が雨水溝の蓋を捲っていたというのも、亮介が蛇を探していたと説明すれば納得がいく。

マリアが蛇に襲われたのではないかという仮説が生まれたのは、蛇がどこから外に逃げたかを考えた時だった。すぐにピンときたのは、やはり窓に取り付けられた猫の出入り口だった。サイズも蛇が通るのにピッタリの大きさだったし、その場所しか考えられなかった。運悪くマリアが蛇と鉢合わせしまったとしたら、餌を食べに来ない理由がそこにあると考えるとスムーズなのだ。

それが事実かどうか確かめるべく、十日ほど叔父の家に泊まり込みをした。田中にも手伝ってもらい、昼夜交代でマリアの帰宅を待った。いくら不良猫だといっても、そんなに長い期間姿を見せないのは不自然だった。そしてとうとう十日が経ったときには、マリアはもうこの世にいないのだと実感した。

叔父の家で寝泊まりしている最中に、亮介からの着信が何度もあった。だけど、私は一度も出ることはなかった。もし出てしまえば、私はきっとボロを出して、彼に勘づかれてしまうはずだ。だから、着信音を耳をふさいで聞こえないふりをした。

二週間かけてたどり着いたこの仮説を立証するためには、オオアナコンダのお腹を調べるしかなかった。マリアのマイクロチップがあれば、亮介を問い詰める材料を握ることができる。でも私の本心は、亮介が自首してくれることを望んでいた。彼の口から懺悔の心が少しでも垣間見えればいいなと、希望を捨てずにいた。でも、彼の態度は私を失望させた。神崎刑事から問い詰められて争い続けた彼を見ているうちに、私の心は嫌悪感でいっぱいになっていた。万事休すになった亮介が床に崩れ落ちた時は、罪を素直に認めるかと思った。でも、彼は最後の悪あがきを見せた。叔父に対しての不満をぶちまけ始めたのだ。

「……あいつが悪いんだよ、全部。人のこと、コケにしやがって。こっちが真剣に頼んでんのに、バカにするからだ。自業自得だよ！」

亮介は口元を歪めると、右手を振り上げて壁を思いっきり叩いた。ドンッという音が部屋に響いた。にこやかな表情の亮介しか見たことがなかったから、取り乱した彼の姿を目にした時はあっけにとられた。

「人のことバカにするからこんなことになるんだ。自業自得だよ！」

亮介は、自業自得という言葉を連呼し続けた。叔父だけが悪者で自らは何も悪いことをしていないと言わんばかりの言い草だった。叔父にひどい言葉を投げかけられたのだろう。彼の興奮した様子を見つめているとそう感じる。でも一方で亮介が感情的になればなるほど、私の心は冷静になっていた。

「それは……それは、あなたの勘違いよ」

私の声は震えていた。それとは対照的に亮介は、吐き捨てるような物言いだった。

「勘違い？　何がだよ。権力を持ったヤツが、そんなに偉いのかよ」

「確かに、叔父は思ったことを口にするから勘違いされてしまうけど、それは見下してるわけじゃなくて叔父なりにエールを送ってたのよ」

「は？　あんな馬鹿にした言い方がエールなわけないだろ。そんな気休めいらないよ」

「気休めじゃないわ……じゃあ、証拠を見せるわね」

「証拠だと？　何だよそれ」

亮介は困惑し始めていた。予想外の展開に戸惑っているのは明白だった。私は自分の財布を鞄から取り出すと、例の小切手を彼に見せた。

「これは、叔父が用意した小切手よ。金額は一億円。これは叔父のポケットマネーよ。これはね……これは、あなたのために用意したお金よ」

「は？　そんなわけないだろ。見え透いた嘘、つくなよ」

亮介は、私の話を全く信じていないようだった。

「嘘じゃないわ。叔父って人は、昔から口が悪くて、いつもあとで反省するタイプの人間なの。あなたのこと、部外者じゃないって思ったのよ。だから、キツい言い方になったんだと思う。これは私の憶測だけど、あなたの熱意が叔父に届いたんじゃないかな。それで考え直したと思う。だから、あなたに融資しようと決めたのよ」

亮介の顔が次第にこわばっていくのを、私は見つめていた。叔父が亡くなった今、一億円の行方は私の推測だった。でも叔父の性格を熟知している私には、これが正解だとはっきりと言える。不器用な叔父だからこその結末だった。

「……じゃあ、どうしてそう言わなかったんだよ」

「言うつもりだったのよ。でも、どうやって話を切り出していいか迷ってたんだと思う。叔父はそういう人なの」

亮介の顔面は蒼白になっていた。唇は震えていて何か言いたそうだったが、言葉にならない様子だった。

「叔父は、とても優しい人なの。叔母の持ち物が捨てられなくて、今でも叔母の遺品が整理できないし、蛇のノートにカギの開閉をチェックしていたのは、マリアのためなの。マリアに万が一のことがないように、一日に何度もカギの開け閉めをチェックしてたのよ」

亮介は、私の顔をチラリと見て、すぐにうつむいた。

「叔父は、あなたが思ってるほど悪い人じゃなかったのよ。すべてあなたの勘違いよ」

「……嘘だろ……」

亮介はそう言うと、放心状態のまま床に座り込んでしまった。

「……嘘だ……そんなの嘘だ……」

亮介は両手に顔を埋めたまま全ての動きを止めた。事実を受け止められないようだった。亮介は、自らの行為を後悔しているのだろうか。そうだと思いたかった。だから、どうしても彼に聞いておきたいことがあった。

「……最後に聞くけど……私のこと、好きだったこと、ある？」

亮介からのプロポーズは、天にも昇る気持ちにさせた。でもその一方で、亮介の態度はおかしかった。嬉しさよりも何かに焦っているような焦燥感が伝わってきた。何よりも亮介の目が泳いでいたし、大切な話なのに簡単に済ませようとしていたのも気になっていた。本気で私と結婚をしたいのかという猜疑心の方が強くなっていた。

亮介はしばらく無言でうつむいていた。答えたくないのかそれとも答えられないのか、言い渋っているのは明確だった。答えが分かっている私には辛い時間が過ぎていった。

「……ごめん。一度もない」

「……そう」

涙がこみ上げてくるかと思ったが、それほどでもなかった。至って冷静に亮介の気持ちを受け止める自分がいた。

「行こうか」

神崎刑事は亮介の腕を取った。亮介は一度も私の方を振り返ることもなく、ドアの奥へと消えていった。

後日、警察が再び家の中を捜索したところ、二階のタンスの中から亮介の頭髪が見つかった。彼がそこで一夜を明かした証拠だった……。

亮介は今、それらの事実を取調室でどのように受け止めているのだろう。黙秘しているのか、まだ言い訳を続けているのか、それとも叔父がどんな人物だったかを知って、少しは反省してくれているのだろうか。もう、亮介と話をすることも、顔を合わせることもない。だから永遠に知るはずもないことなのに、どうしてこんなに気になるのだろう。

「ソコ、イルヨ」

ジープはいつの間にか止まっていて、アリーは草を食んでいる象を指さしていた。

「うわぁ、近い」

象との距離が一メートルもないので、鼻で草を掴むところや口元の動きがよく見えた。足元から生えている細長い草を、象は一心不乱に食べている。

「あれ？　……何か、似てるな」

象の額はタンコブのようにぷっくりと盛り上がっている。その額の形状をどこかで見たような気がした。人間の誰かに似ているような気がしたのだ。

「……あっ、菊池だ」

菊池は若い頃にアメフトのほかにラグビーをしていた。その時のタックルのせいで、額の真ん中がプックリと膨らんでいる。そのコブにゾウの額がソックリに見えたのだ。

「ナニ、ワラッテルノ。ナニガオカシイ？」

私が笑いだしたので、アリーもニヤけながら私を見つめている。タンコブの位置も額の形も完全に一致している象の姿が、懸命に草を食べている菊池の顔に見えてしまった。それが、笑いの壺にハマったのだ。その時、耳の奥底で声が聞こえてきた。それは亮介の声だった。

『象ってさ、とっても頭のいい動物なんだ。人を見分けることができるから、自分をいじめる人間に攻撃したりするんだよ。君に意地悪するヤツがさ、象に踏みつぶされてるところを想像してごらんよ。ムカつく気分も吹っ飛ばないか』

「……そうかもしれないわね」

幻の声に反応して、無意識につぶやいていた。目の前にいる象を見ていると、菊池のことが怖くないと思えるかもしれない。

「……ナイテルノ？」

アリーが心配そうな顔つきで私を見つめている。私の両目からは、自然と涙があふれていた。下を見ると、手の甲には涙の粒が何滴も落ちていた。アリーもまさか私が泣くとは思ってもみなかったのだろう、彼の表情から笑顔が消えていた。

「ダイジョウブ？」

「大丈夫……大丈夫だから……」

声を詰まらせながらも、アリーに向かって微笑んだ。ジープは、ゆっくりと象の元を離れていく。そっと涙をぬぐった目の前には、希望の夕陽が広がっていた。

＋

横浜の今日の天気は朝から悪く、大粒の雨が窓ガラスに打ち付けている。窓の下に見える道路には、赤や青などのカラフルな傘をさした人たちがうごめいてた。

「スリランカはどうでしたか？　リフレッシュできましたか？」

田中は、会議の資料を私の方へ差し出しながら尋ねた。

「楽しかったわよ、とっても」

サファリの他に、世界遺産のシギリヤロックという大きな岩に登ったり、ショッピングを楽しんだりした。田中には、アリーから勧められたセイロンティーをお土産にあげた。彼は奥さんにあげると喜んでいた。

「正直、一人で旅行されると聞いた時は心配でした。でも、リラックスできたみたいでよかったですね」

田中は満面の笑みで私に言った。スリランカにいた時は、このまま帰りたくないと本気で思ったのは事実だ。でもそれは一瞬の気の迷いだった。三日後には、スリランカの旅を一日早めて日本に戻っていた。

「でも、どうしてスリランカだったんですか？」

「どうしてって、それどういう意味？」

「動物好きだとは知ってましたけど、サファリに行きたいとは聞いたことがなかったものですから」

「そうだったっけ……まぁ、そうかもね」

　スリランカを選んだ理由は特になかった。日本を離れたいという気持ちで選んだだけだった。『アフリカ』というワードも頭には浮かんでいた。でも、その場所を避けたのは、将来誰かと訪れるためにとっておきたかったのかもしれない。自分でも自分のことがよく分かっていなかった。

「でもゆっくり休めてよかったです。何せ今日は、正念場ですからね」

　田中の顔が真剣モードに変化していく。彼の言う通り、今日が福島グループの将来を左右すると言っても過言ではない。今日は、M&Aを役員全員に了承してもらわなくてはならない。厳しい戦いになるはずだ。田中は腕時計を見ると、私に向かって言った。

「さあ、お時間です。行きましょう」

「……分かったわ」

　椅子から立ち上がると、小刻みに私の足が震えていた。体は鉛のように重たかったし、心臓は爆発するんじゃないかというぐらいドキドキしている。福島グループの社長としての大一番に挑まなければならないことに、耐えられない自分がいる。でも、耐えなければならないのだ。私は社長なのだ。全力で会社を守る義務があるのだ。そう自分に言いきかせ、深呼吸を何度も繰り返し、部屋を出た。

会議室の中に入ると、菊池たちは既に席に着いていた。

「お待たせしました」

一礼をして席につくと、会議が始まった。案の定、役員全員がM&Aに反対の姿勢を示した。

「亡くなった先代が聞いたら悲しみますよ。あなたは、間違った方向に舵を切ろうとしてるんですから」

菊池もいつものように食い下がってくる。いつもの私なら、気持ちが萎えていたはずだ。現状を変えなければ、福島グループの未来はない。そう割り切った今は、従業員のことを一番に考えなければならない。とにかく、従業員を路頭に迷わせるわけにはいかない。そのためには、どうしてもM&Aは必要不可欠なのだ。

「間違っているかいないかは、やってみないと分からないじゃないですか。確かなことは、今のままでは駄目だということです。もう、選択肢はないんです」

「……」

菊池はため息とともに腕を組み、チラリと横の安田の方を見た。それを受けて安田も微かに頷いた。

「それじゃあ、こちらにも考えがあります。我々は、今度の株主総会であなたの解任を申請します」

やはりそうきたか。社長に対してのクーデターは珍しくない。想定内の出来事に、あまり動揺はしなかった。こうやって事前に予告するということは、私を社長の座から引きずり下ろすことに自信があるということだろう。そのことが、なおのこと緊張させた。

「つまりその……ここにいる皆さんが、私の経営方針には従えないということですか」

「そういうことです」

菊池の真顔が相変わらず怖かった。その威圧的な態度は、私の体を震えさせた。予想していたこととはいえ、現実を突きつけられると辛いものがある。もし私が社長を解かれるとしたら、菊池がその座に就くだろう。もしそうなれば、第三者に全ての権限が渡ってしまうことになる。そうなった時のことを考えると、私は虚しさを感じるはずだ。何のためにアメリカの大学へ渡って勉強してきたのか。経営学を学んだ全ての時間が水の泡になってしまう。本当にそれでいいのか。何度も自問自答しているまさにその時だった。脳裏にある言葉が浮かんだ。

『脱皮できない蛇は滅びる』

脱皮しなければ成長はない。現状を打破することはできない。私は今、それを試されているのだ。私は大きく深呼吸をしてから話を続けた。

「いいですよ、そうしたければしたらいいです。私を社長から引きずり降ろそうとしてもかまいません。ですが、決めるのは株主の方たちです。私は、株主の方たちを説得できる自信があります。たとえ、M&Aを決めて主導権を渡したとしても、また取り戻せばいいじゃないですか。先代が残してくれたこの福島グループという名を潰すことは絶対にありません。お客様を大切にするという精神を忘れなければ不可能ではないと確信しています。今、この危機を乗り越えるのはM&Aしかないんです。だからどうか、どうか分かってもらえないでしょうか！」

私は机に額がつくくらいに低く頭を下げた。沈黙が私たちの間を流れていく。以前の会議では、この静寂が私を責めていると感じていた。静けさの中に人の不満や愚痴を感じ取ることだけしかできなかった。だけど今はこの静寂が自分の味方になってくれていると実感できた。それはスリランカで体感した静寂の心地よさに似ていた。

頭を上げると菊池と目が合った。彼は、複雑な表情で私を見つめていた。

「……社長のお気持ちは分かりました。いきなりそんな態度をされてもですね……まぁ、善処することにします」

菊池は居心地の悪そうな素振りを見せ、声をトーンダウンしていった。私の見たこともない行動に面食らったようだった。それから自分が何を発言したのか、覚えていなかった。気がつけば、社長室で窓の外を眺めていた。

「失礼します……」

部屋に入ってきた田中が、不思議そうな顔つきで私の方を見つめていた。

「何？　何かついてる」

「いや、その、何て言いますか、とても満足そうな顔をされているものですから」

思わず右手で頬に触れた。疲れ切ったこの顔が、満足そうに見えるとは思ってもいなかった。

「スッキリしたお顔に見えると言ったほうが合ってますかね」

「そう」

私はつぶやくようにそう言うと、今度は両手で両頬を包み込んだ。まだ放心状態が続いていて、地に足がついていない。だが、悠長なことを言っていられるのもここまでだった。

「でも、ここからが本番よ」

私は緩んだ頬を両手で軽く叩くと、気を引き締めるように言った。株主総会は十日後にある。その場で株主を説得できる説明をしなければならない。でも今は、不思議とそれが怖くなかった。むしろ来るなら来いという、自信が出てきている自分がいた。これが一皮むけたということなのだろうか。

「社長なら大丈夫です。きっと乗り越えられますよ」

田中もそれを感じるのか、力強い言葉をかけてくれた。

「何だか頼もしくなられましたね。顔つきが引き締まって見えます」

「いろいろあると、強くなるわよ」

田中は頭を下げると、無言でそのまま社長室を出ていった。

数か月後、オーシャンホテルは無事にジェシーホテルの傘下に入ることになった。私は日本代表社長という立場になった。ホテルの存続を心配する必要がなくなったのは、何よりも大きな変化だった。おかげで顧客へのサービスやイベントなどへの企画へ集中できるようになった。その成果が顕著に表れたのが、外国客の増加だった。特に我がホテルのサービスが好評だという。

木田動物園はというと、本社がオーケーを出してくれたおかげで買収することができた。もちろん菊池たち幹部からは反対意見が出たが、私は何とか押し切った。兄や千夏さんからは、亮介への未練があるからだと揶揄された。

周囲の予測に反して、動物園は繁盛した。外国客向けに、日本でしか生息しない動物のコーナーを設置したことが成功した理由だった。ニホンザルやいのしし、鶏などの日本で馴染みのある動物をメインにした。他にも秋田犬などの犬や三毛猫などにふれあえるコーナーを作ったりと、大幅な改装をした。短時間で日本の動物を目にすることができると、インターネットで話題になったことも大きかった。それらの改修費用は、例の一億円を使わせてもらった。もちろんホタル旅館も引き続き営業中で、未だに予約が絶えないでいる。

「何か、やりきれないものがありますねぇ」

私と田中はコーヒーを飲みながら、社長室で雑談していた。そこで、唐突に彼は言った。今日は快晴で、富士山もはっきりと見える。

「やりきれないって、何が？」

「だって、そうじゃないですか。初めから社長に動物園のことを相談していれば、会長は死なずに済んだんですから。そう思うと、何かやりきれないんですよ」

もし、亮介が叔父ではなく私に話をしてくれていたら、私は間違いなく資金を出していただろう。それは、彼が動物を愛する気持ちを尊敬していたし、そこに寄り添いたいという気持ちがあったからだ。

「蛇は竹の筒に入れても真っ直ぐにはならないものよ」

「はい？　……えっと、それはどういう意味ですか」

私の唐突な発言に、田中はキョトンとしていた。

「曲がりくねった蛇の体を、まっすぐに伸ばしてもすぐに戻るでしょ？　彼も、同じだったのよ、きっと」

「んー……なるほど……」

田中は首をかしげながらコーヒーを啜った。意味がよく分かっていないようだった。生まれつき曲がった根性は真っ直ぐにしようとしても元には戻らない、という意味のことわざだ。そう田中に説明しようとしたけど、言うのをやめた。

私にとって、もうそんなことはどうでもいいことだ。後ろを振り返ることはやめようと心に誓ったからだ。

その時携帯が鳴った。出ると香織ちゃんからだった。

「もしもし、今日の夕食なんだけど、何にする？」

夕方近くになると、彼女はこうして電話をかけてくる。私は、寝たきりの祖母と香織ちゃんを引き取った。養女にしたわけではなく、彼女が成人するまで面倒をみることにした。そのことに迷いはなかった。身寄りのない香織ちゃんを放ってはおけなかったし、最後まで叔父の死に疑問を持ってくれた早苗さんのためにも、私にはその責任がある。香織ちゃんが望めば、大学まで行かせようと思っている。

「食材は？　何があるの」

「えっとね、豚肉のもも肉とにんじんとあとは……じゃがいもがあるかな」

私の問いにスラスラと答える彼女だが、初めの頃の私たちは相当ギクシャクしていた。人見知りの香織ちゃんが心を開いてくれるまで根気よく接した。その甲斐あって、次第に打ち解けあうようになった。今は私の方が彼女に依存しすぎてしまっている。忙しかった早苗さんの代わりに家事をこなしてきた香織ちゃんは、料理のレパートリーが豊富だった。それに掃除もきちんとできる。勉強に支障がない程度に家のことを手伝ってもらっている。

「じゃあ、肉じゃがにしようか」

「分かった。じゃあ、準備しとく」

電話を切ると田中がニヤつきながらこう言った。

「何か、親子の会話みたいですね」

「そぉ?」

そう言われることに、まんざら悪い気分ではなかった。

「さて、じゃあ、会議に行きますか」

田中より先に立ち上がると、窓の外の人の流れが目にとまった。忙しそうに歩いている人々が、生き生きとしているように見えた。

著者プロフィール
絵本 真由（えもと まゆ）
神奈川県出身。

まだらの凶器

2021年３月15日　初版第１刷発行

著　者　絵本 真由
発行者　瓜谷 綱延
発行所　株式会社文芸社
〒160-0022　東京都新宿区新宿1－10－1
電話　03-5369-3060（代表）
03-5369-2299（販売）

印　刷　株式会社文芸社
製本所　株式会社MOTOMURA

ISBN978-4-286-22395-7